L'école des femmes

ŒUVRES PRINCIPALES

Dom Juan ou le festin de pierre, Librıo n° 14
Les fourberies de Scapin, Librio n° 181
Le bourgeois gentilhomme, Librıo n° 235
L'avare, Librio n° 339
Tartuffe, Librıo n° 476
Le malade imaginaire, Librio n° 536
Le médecın malgré lui, Librio n° 598
Les femmes savantes, Librio n° 585
Le mısanthrope, Librio n° 647
Les précieuses rıdicules, Librio n° 776
L'école des maris
L'amour médecin
Amphitryon
George Dandin
La comtesse d'Escarbagnas

Molière

L'école des femmes

Comédie
représentée pour la première fois
à Paris, sur le théâtre du Palais-Royal
le vendredi 1er juin 1663,
par la troupe de Monsieur,
frère unique du Roi

Librio
Texte intégral

À MADAME

MADAME,

Je suis le plus embarrassé homme du monde, lorsqu'il me faut dédier un livre, et je me trouve si peu fait au style d'épître dédicatoire, que je ne sais pas où sortir de celle-ci. Un autre auteur, qui serait en ma place, trouverait d'abord cent belles choses à dire de VOTRE ALTESSE ROYALE, sur ce titre de *l'École des femmes*, et l'offre qu'il vous en ferait. Mais, pour moi, MADAME, je vous avoue mon faible. Je ne sais point cet art de trouver des rapports entre des choses si peu proportionnées ; et, quelques belles lumières que mes confrères les auteurs me donnent tous les jours sur de pareils sujets, je ne vois point ce que VOTRE ALTESSE ROYALE pourrait avoir à démêler avec la comédie que je lui présente. On n'est pas en peine, sans doute, comment il faut faire pour vous louer. La matière, MADAME, ne saute que trop aux yeux ; et, de quelque côté qu'on vous regarde, on rencontre gloire sur gloire, et qualités sur qualités. Vous en avez, MADAME, du côté du rang et de la naissance, qui vous font respecter de toute la terre. Vous en avez du côté des grâces, et de l'esprit, et du corps, qui vous font admirer de toutes les personnes qui vous voient. Vous en avez du côté de l'âme, qui, si l'on ose parler ainsi, vous font aimer de tous ceux qui ont l'honneur d'approcher de vous : je veux dire cette douceur pleine de charmes dont vous daignez tempérer la fierté des grands titres que vous portez ; cette bonté tout obligeante, cette affabilité généreuse que vous faites paraître pour tout le monde. Et ce sont particulièrement ces dernières pour qui je suis, et dont je sens fort bien que je ne me pourrai taire quelque jour. Mais encore une fois, MADAME, je ne sais point le biais de faire entrer ici des vérités si éclatantes ; et ce sont choses, à mon avis, et d'une trop vaste étendue et d'un mérite trop élevé, pour les vouloir renfermer dans une épître et les mêler avec des bagatelles. Tout bien considéré, MADAME, je ne vois rien à faire ici pour moi que de vous dédier simplement ma comédie, et de vous assurer, avec tout le respect qu'il m'est possible, que je suis,

De VOTRE ALTESSE ROYALE,

MADAME,

Le très humble, très obéissant,
et très obligé serviteur,

MOLIÈRE.

PRÉFACE

Bien des gens ont frondé d'abord cette comédie ; mais les rieurs ont été pour elle, et tout le mal qu'on en a pu dire n'a pu faire qu'elle n'ait eu un succès dont je me contente.

Je sais qu'on attend de moi dans cette impression quelque préface qui réponde aux censeurs et rende raison de mon ouvrage ; et sans doute que je suis assez redevable à toutes les personnes qui lui ont donné leur approbation, pour me croire obligé de défendre leur jugement contre celui des autres ; mais il se trouve qu'une grande partie des choses que j'aurais à dire sur ce sujet est déjà dans une dissertation que j'ai faite en dialogue, et dont je ne sais encore ce que je ferai.

L'idée de ce dialogue, ou, si l'on veut, de cette petite comédie, me vint après les deux ou trois premières représentations de ma pièce.

Je la dis, cette idée, dans une maison où je me trouvai un soir, et d'abord une personne de qualité, dont l'esprit est assez connu dans le monde, et qui me fait l'honneur de m'aimer, trouva le projet assez à son gré, non seulement pour me solliciter d'y mettre la main, mais encore pour l'y mettre lui-même ; et je fus étonné que deux jours après il me montra toute l'affaire exécutée d'une manière à la vérité beaucoup plus galante et plus spirituelle que je ne puis faire, mais où je trouvai des choses trop avantageuses pour moi ; et j'eus peur que, si je produisais cet ouvrage sur notre théâtre, on ne m'accusât d'avoir mendié les louanges qu'on m'y donnait. Cependant cela m'empêcha, par quelque considération, d'achever ce que j'avais commencé. Mais tant de gens me pressent tous les jours de le faire, que je ne sais ce qui en sera ; et cette incertitude est cause que je ne mets point dans cette préface ce qu'on verra dans la *Critique*, en cas que je me résolve à la faire paraître. S'il faut que cela soit, je le dis encore, ce sera seulement pour venger le public du chagrin délicat de certaines gens ; car, pour moi, je m'en tiens assez vengé par la réussite de ma comédie ; et je souhaite que toutes celles que je pourrai faire soient traitées par eux comme celle-ci, pourvu que le reste soit de même.

PERSONNAGES

ARNOLPHE, autrement M. DE LA SOUCHE.
AGNÈS, jeune fille innocente, élevée par Arnolphe.
HORACE, amant d'Agnès.
ALAIN, paysan, valet d'Arnolphe.
GEORGETTE, paysanne, servante d'Arnolphe.
CHRYSALDE, ami d'Arnolphe.
ENRIQUE, beau-frère de Chrysalde.
ORONTE, père d'Horace et grand ami d'Arnolphe.

La scène est dans une place de ville.

.ACTE PREMIER

SCÈNE I

CHRYSALDE, ARNOLPHE

CHRYSALDE
Vous venez, dites-vous, pour lui donner la main ?

ARNOLPHE
Oui, je veux terminer la chose dans demain.

CHRYSALDE
Nous sommes ici seuls ; et l'on peut, ce me semble,
Sans craindre d'être ouïs, y discourir ensemble :
Voulez-vous qu'en ami je vous ouvre mon cœur ?
Votre dessein pour vous me fait trembler de peur ;
Et de quelque façon que vous tourniez l'affaire,
Prendre femme est à vous un coup bien téméraire.

ARNOLPHE
Il est vrai, notre ami. Peut-être que chez vous
Vous trouvez des sujets de craindre pour chez nous ;
Et votre front, je crois, veut que du mariage
Les cornes soient partout l'infaillible apanage.

CHRYSALDE
Ce sont coups du hasard, dont on n'est point garant,
Et bien sot, ce me semble, est le soin qu'on en prend.
Mais quand je crains pour vous, c'est cette raillerie
Dont cent pauvres maris ont souffert la furie ;

11

Car enfin vous savez qu'il n'est grands ni petits
Que de votre critique on ait vus garantis ;
Car vos plus grands plaisirs sont, partout où vous êtes,
De faire cent éclats des intrigues secrètes...

ARNOLPHE

Fort bien : est-il au monde une autre ville aussi
Où l'on ait des maris si patients qu'ici ?
Est-ce qu'on n'en voit pas, de toutes les espèces,
Qui sont accommodés chez eux de toutes pièces ?
L'un amasse du bien, dont sa femme fait part
A ceux qui prennent soin de le faire cornard ;
L'autre un peu plus heureux, mais non pas moins infâme,
Voit faire tous les jours des présents à sa femme,
Et d'aucun soin jaloux n'a l'esprit combattu,
Parce qu'elle lui dit que c'est pour sa vertu.
L'un fait beaucoup de bruit qui ne lui sert de guère ;
L'autre en toute douceur laisse aller les affaires,
Et voyant arriver chez lui le damoiseau,
Prend fort honnêtement ses gants et son manteau.
L'une de son galant, en adroite femelle,
Fait fausse confidence à son époux fidèle,
Qui dort en sûreté sur un pareil appas,
Et le plaint, ce galant, des soins qu'il ne perd pas ;
L'autre, pour se purger de sa magnificence,
Dit qu'elle gagne au jeu l'argent qu'elle dépense ;
Et le mari benêt, sans songer à quel jeu,
Sur les gains qu'elle fait rend des grâces à Dieu.
Enfin, ce sont partout des sujets de satire ;
Et comme spectateur ne puis-je pas en rire ?
Puis-je pas de nos sots... ?

CHRYSALDE

Oui ; mais qui rit d'autrui

Doit craindre qu'en revanche on rie aussi de lui.
J'entends parler le monde ; et des gens se délassent
A venir débiter les choses qui se passent ;
Mais, quoi que l'on divulgue aux endroits où je suis,
Jamais on ne m'a vu triompher de ces bruits.
J'y suis assez modeste ; et, bien qu'aux occurrences
Je puisse condamner certaines tolérances,

Que mon dessein ne soit de souffrir nullement
Ce que d'aucuns maris souffrent paisiblement,
Pourtant je n'ai jamais affecté de le dire ;
Car enfin il faut craindre un revers de satire,
Et l'on ne doit jamais jurer sur de tels cas
De ce qu'on pourra faire, ou bien ne faire pas.
Ainsi, quand à mon front, par un sort qui tout mène,
Il serait arrivé quelque disgrâce humaine,
Après mon procédé, je suis presque certain
Qu'on se contentera de s'en rire sous main ;
Et peut-être qu'encor j'aurai cet avantage,
Que quelques bonnes gens diront que c'est dommage ;
Mais de vous, cher compère, il en est autrement :
Je vous le dis encor, vous risquez diablement.
Comme sur les maris accusés de souffrance
De tout temps votre langue a daubé d'importance,
Qu'on vous a vu contre eux un diable déchaîné,
Vous devez marcher droit pour n'être point berné ;
Et s'il faut que sur vous on ait la moindre prise,
Gare qu'aux carrefours on ne vous tympanise,
Et...

ARNOLPHE

Mon Dieu, notre ami, ne vous tourmentez point :
Bien huppé qui pourra m'attraper sur ce point.
Je sais les tours rusés et les subtiles trames
Dont pour nous en planter savent user les femmes,
Et comme on est dupé par leurs dextérités.
Contre cet incident j'ai pris mes sûretés ;
Et celle que j'épouse a toute l'innocence
Qui peut sauver mon front de maligne influence.

CHRYSALDE

Et que prétendez-vous qu'une sotte, en un mot...

ARNOLPHE

Épouser une sotte est pour n'être point sot.
Je crois, en bon chrétien, votre moitié fort sage ;
Mais une femme habile est un mauvais présage ;
Et je sais ce qu'il coûte à de certaines gens
Pour avoir pris les leurs avec trop de talents.

13

Moi, j'irais me charger d'une spirituelle
Qui ne parlerait rien que cercle et que ruelle,
Qui de prose et de vers ferait de doux écrits,
Et que visiteraient marquis et beaux esprits,
Tandis que, sous le nom du mari de Madame,
Je serais comme un saint que pas un ne réclame ?
Non, non, je ne veux point d'un esprit qui soit haut ;
Et femme qui compose en sait plus qu'il ne faut.
Je prétends que la mienne, en clartés peu sublime,
Même ne sache pas ce que c'est qu'une rime ;
Et s'il faut qu'avec elle on joue au corbillon
Et qu'on vienne à lui dire à son tour : « Qu'y met-on ? »
Je veux qu'elle réponde : « Une tarte à la crème » ;
En un mot, qu'elle soit d'une ignorance extrême ;
Et c'est assez pour elle, à vous en bien parler,
De savoir prier Dieu, m'aimer, coudre et filer.

CHRYSALDE

Une femme stupide est donc votre marotte ?

ARNOLPHE

Tant, que j'aimerais mieux une laide bien sotte
Qu'une femme fort belle avec beaucoup d'esprit.

CHRYSALDE

L'esprit et la beauté...

ARNOLPHE
L'honnêteté suffit.

CHRYSALDE

Mais comment voulez-vous, après tout, qu'une bête
Puisse jamais savoir ce que c'est qu'être honnête ?
Outre qu'il est assez ennuyeux, que je crois,
D'avoir toute sa vie une bête avec soi,
Pensez-vous le bien prendre, et que sur votre idée
La sûreté d'un front puisse être bien fondée ?
Une femme d'esprit peut trahir son devoir ;
Mais il faut pour le moins qu'elle ose le vouloir ;
Et la stupide au sien peut manquer d'ordinaire,
Sans en avoir l'envie et sans penser le faire.

A ce bel argument, à ce discours profond,
Ce que Pantagruel à Panurge répond :
Pressez-moi de me joindre à femme autre que sotte,
Prêchez, patrocinez jusqu'à la Pentecôte ;
Vous serez ébahi, quand vous serez au bout,
Que vous ne m'aurez rien persuadé du tout.

CHRYSALDE

Je ne vous dis plus mot.

ARNOLPHE

                    Chacun a sa méthode.
En femme, comme en tout, je veux suivre ma mode.
Je me vois riche assez pour pouvoir, que je crois,
Choisir une moitié qui tienne tout de moi,
Et de qui la soumise et pleine dépendance
N'ait à me reprocher aucun bien ni naissance.
Un air doux et posé, parmi d'autres enfants,
S'inspira de l'amour pour elle dès quatre ans ;
Sa mère se trouvant de pauvreté pressée,
De la lui demander il me vint la pensée ;
Et la bonne paysanne, apprenant mon désir,
A s'ôter cette charge eut beaucoup de plaisir.
Dans un petit couvent, loin de toute pratique,
Je la fis élever selon ma politique,
C'est-à-dire ordonnant quels soins on emploirait
Pour la rendre idiote autant qu'il se pourrait.
Dieu merci, le succès a suivi mon attente :
Et grande, je l'ai vue à tel point innocente,
Que j'ai béni le Ciel d'avoir trouvé mon fait,
Pour me faire une femme au gré de mon souhait.
Je l'ai donc retirée ; et comme ma demeure
A cent sortes de monde est ouverte à toute heure,
Je l'ai mise à l'écart, comme il faut tout prévoir,
Dans cette autre maison où nul ne me vient voir ;
Et pour ne point gâter sa bonté naturelle,
Je n'y tiens que des gens tout aussi simples qu'elle.
Vous me direz : Pourquoi cette narration ?
C'est pour vous rendre instruit de ma précaution.
Le résultat de tout est qu'en ami fidèle

Ce soir je vous invite à souper avec elle ;
Je veux que vous puissiez un peu l'examiner,
Et voir si de mon choix on me doit condamner.

CHRYSALDE

J'y consens.

ARNOLPHE

Vous pourrez, dans cette conférence,
Juger de sa personne et de son innocence.

CHRYSALDE

Pour cet article-là, ce que vous m'avez dit
Ne peut...

ARNOLPHE

La vérité passe encor mon récit.
Dans ses simplicités à tous coups je l'admire,
Et parfois, elle en dit dont je pâme de rire.
L'autre jour (pourrait-on se le persuader ?),
Elle était fort en peine, et me vint demander,
Avec une innocence à nulle autre pareille,
Si les enfants qu'on fait se faisaient par l'oreille.

CHRYSALDE

Je me réjouis fort, seigneur Arnolphe...

ARNOLPHE

Bon !
Me voulez-vous toujours appeler de ce nom ?

CHRYSALDE

Ah ! malgré que j'en aie, il me vient à la bouche,
Et jamais je ne songe à Monsieur de la Souche.
Qui diable vous a fait aussi vous aviser,
A quarante et deux ans, de vous débaptiser,
Et d'un vieux tronc pourri de votre métairie
Vous faire dans le monde un nom de seigneurie ?

ARNOLPHE

Outre que la maison par ce nom se connaît,
La Souche plus qu'Arnolphe à mes oreilles plaît.

CHRYSALDE

Quel abus de quitter le vrai nom de ses pères
Pour en vouloir prendre un bâti sur des chimères !
De la plupart des gens c'est la démangeaison ;
Et, sans vous embrasser dans la comparaison,
Je sais un paysan qu'on appelait Gros-Pierre,
Qui n'ayant pour tout bien qu'un seul quartier de terre,
Y fit tout à l'entour faire un fossé bourbeux,
Et de Monsieur de l'Isle en prit le nom pompeux.

ARNOLPHE

Vous pourriez vous passer d'exemples de la sorte.
Mais enfin de la Souche est le nom que je porte :
J'y vois de la raison, j'y trouve des appas ;
Et m'appeler de l'autre est ne m'obliger pas.

CHRYSALDE

Cependant la plupart ont peine à s'y soumettre,
Et je vois même encor des adresses de lettre...

ARNOLPHE

Je le souffre aisément de qui n'est pas instruit ;
Mais vous...

CHRYSALDE

       Soit : là-dessus nous n'aurons point de bruit.
Et je prendrai le soin d'accoutumer ma bouche
A ne plus vous nommer que Monsieur de la Souche.

ARNOLPHE

Adieu. Je frappe ici pour donner le bonjour,
Et dire seulement que je suis de retour

CHRYSALDE, *s'en allant.*

Ma foi, je le tiens fou de toutes les manières.

ARNOLPHE

Il est un peu blessé sur certaines matières.
Chose étrange de voir comme avec passion
Un chacun est chaussé de son opinion !
Holà !

SCÈNE II

ALAIN, GEORGETTE, ARNOLPHE

ALAIN

Qui heurte ?

ARNOLPHE

Ouvrez. On aura, que je pense,
Grande joie à me voir après dix jours d'absence.

ALAIN

Qui va là ?

ARNOLPHE

Moi.

ALAIN

Georgette !

GEORGETTE

Hé bien ?

ALAIN

Ouvre là-bas.

GEORGETTE

Vas-y, toi.

ALAIN

Vas-y, toi.

GEORGETTE

Ma foi, je n'irai pas.

ALAIN

Je n'irai pas aussi.

ARNOLPHE

Belle cérémonie
Pour me laisser dehors ! Holà ho, je vous prie.

GEORGETTE

Qui frappe ?

ARNOLPHE

Votre maître.

GEORGETTE

Alain !

ALAIN

Quoi ?

GEORGETTE

C'est Monsieur.
Ouvre vite.

ALAIN

Ouvre, toi.

GEORGETTE

Je souffle notre feu.

ALAIN

J'empêche, peur du chat, que mon moineau ne sorte.

ARNOLPHE

Quiconque de vous deux n'ouvrira pas la porte
N'aura point à manger de plus de quatre jours.
Ha !

GEORGETTE

Par quelle raison y venir, quand j'y cours ?

ALAIN

Pourquoi plutôt que moi ? Le plaisant strodagème !

GEORGETTE

Ote-toi donc de là.

ALAIN

Non, ôte-toi, toi-même.

GEORGETTE

Je veux ouvrir la porte.

ALAIN

Et je veux l'ouvrir, moi.

GEORGETTE

Tu ne l'ouvriras pas.

ALAIN

Ni toi non plus.

GEORGETTE

Ni toi.

ARNOLPHE

Il faut que j'aie ici l'âme bien patiente !

ALAIN

Au moins, c'est moi, Monsieur.

GEORGETTE

Je suis votre servante,

C'est moi.

ALAIN

Sans le respect de Monsieur que voilà,

Je te...

ARNOLPHE, *recevant un coup d'Alain.*

Peste !

ALAIN

Pardon.

ARNOLPHE

Voyez ce lourdaud-là !

ALAIN

C'est elle aussi, Monsieur...

ARNOLPHE

Que tous deux on se taise,

Songez à me répondre, et laissons la fadaise.

Hé bien, Alain, comment se porte-t-on ici ?

ALAIN

Monsieur, nous nous... Monsieur, nous nous por... Dieu merci,

Nous nous...

*Arnolphe ôte par trois fois le chapeau de dessus
la tête d'Alain.*

ARNOLPHE

Qui vous apprend, impertinente bête,

A parler devant moi le chapeau sur la tête ?

ALAIN

Vous faites bien, j'ai tort.

ARNOLPHE, *à Alain.*
Faites descendre Agnès.

ARNOLPHE, *à Georgette.*
Lorsque je m'en allai, fut-elle triste après ?

GEORGETTE

Triste ? Non.

ARNOLPHE

Non ?

GEORGETTE
Si fait.

ARNOLPHE
Pourquoi donc... ?

GEORGETTE

Oui, je meure,
Elle vous croyait voir de retour à toute heure ;
Et nous n'oyions jamais passer devant chez nous
Cheval, âne, ou mulet, qu'elle ne prît pour vous.

SCÈNE III

AGNÈS, ALAIN, GEORGETTE, ARNOLPHE

ARNOLPHE
La besogne à la main ! C'est un bon témoignage.
Hé bien ! Agnès, je suis de retour du voyage :
En êtes-vous bien aise ?

AGNÈS
Oui, Monsieur, Dieu merci.

ARNOLPHE
Et moi de vous revoir je suis bien aise aussi.
Vous vous êtes toujours, comme on voit, bien portée ?

AGNÈS

Hors les puces, qui m'ont la nuit inquiétée.

ARNOLPHE

Ah ! vous aurez dans peu quelqu'un pour les chasser.

AGNÈS

Vous me ferez plaisir.

ARNOLPHE

Je le puis bien penser.

Que faites-vous donc là ?

AGNÈS

Je me fais des cornettes.

Vos chemises de nuit et vos coiffes sont faites.

ARNOLPHE

Ha ! voilà qui va bien. Allez, montez là-haut :
Ne vous ennuyez point, je reviendrai tantôt,
Et je vous parlerai d'affaires importantes.

Tous étant rentrés.

Héroïnes du temps, Mesdames les savantes,
Pousseuses de tendresse et de beaux sentiments,
Je défie à la fois tous vos vers, vos romans,
Vos lettres, billets doux, toute votre science
De valoir cette honnête et pudique ignorance.

SCÈNE IV

HORACE, ARNOLPHE

ARNOLPHE

Ce n'est point par le bien qu'il faut être ébloui ;
Et pourvu que l'honneur soit... Que vois-je ? Est-ce ?... Oui.
Je me trompe. Nenni. Si fait. Non, c'est lui-même.
Hor...

HORACE

Seigneur Ar...

ARNOLPHE

Horace !

HORACE

Arnolphe.

ARNOLPHE

Ah ! joie extrême !

Et depuis quand ici ?

HORACE

Depuis neuf jours.

ARNOLPHE

Vraiment ?

HORACE

Je fus d'abord chez vous, mais inutilement.

ARNOLPHE

J'étais à la campagne.

HORACE

Oui, depuis deux journées.

ARNOLPHE

Oh ! comme les enfants croissent en peu d'années !
J'admire de le voir au point où le voilà,
Après que je l'ai vu pas plus grand que cela.

HORACE

Vous voyez.

ARNOLPHE

Mais, de grâce. Oronte votre père,
Mon bon et cher ami, que j'estime et révère,
Que fait-il ? que dit-il ? est-il toujours gaillard ?
A tout ce qui le touche, il sait que je prends part :
Nous ne nous sommes vus depuis quatre ans ensemble.

HORACE

Ni, qui plus est, écrit l'un à l'autre, me semble.
Il est, seigneur Arnolphe, encor plus gai que nous,
Et j'avais de sa part une lettre pour vous ;
Mais, depuis, par une autre, il m'apprend sa venue,

Et la raison encor ne m'en est pas connue.
Savez-vous qui peut être un de vos citoyens
Qui retourne en ces lieux avec beaucoup de biens
Qu'il s'est en quatorze ans acquis dans l'Amérique ?

ARNOLPHE

Non. Vous a-t-on point dit comme on le nomme ?

HORACE

Enrique.

ARNOLPHE

Non.

HORACE

Mon père m'en parle, et qu'il est revenu
Comme s'il devait m'être entièrement connu,
Et m'écrit qu'en chemin ensemble ils se vont mettre
Pour un fait important que ne dit point sa lettre.

ARNOLPHE

J'aurai certainement grande joie à le voir,
Et pour le régaler je ferai mon pouvoir.

Après avoir lu la lettre.

Il faut pour des amis des lettres moins civiles,
Et tous ces compliments sont choses inutiles.
Sans qu'il prît le souci de m'en écrire rien,
Vous pouvez librement disposer de mon bien.

HORACE

Je suis homme à saisir les gens par leurs paroles,
Et j'ai présentement besoin de cent pistoles.

ARNOLPHE

Ma foi, c'est m'obliger que d'en user ainsi,
Et je me réjouis de les avoir ici.
Gardez aussi la bourse.

HORACE

Il faut...

ARNOLPHE

                    Laissons ce style.
Hé bien ! comment encor trouvez-vous cette ville ?

HORACE

Nombreuse en citoyens, superbe en bâtiments ;
Et j'en crois merveilleux les divertissements.

ARNOLPHE

Chacun a ses plaisirs qu'il se fait à sa guise ;
Mais pour ceux que du nom de galants on baptise,
Ils ont en ce pays de quoi se contenter,
Car les femmes y sont faites à coqueter :
On trouve d'humeur douce et la brune et la blonde,
Et les maris aussi les plus bénins du monde ;
C'est un plaisir de prince ; et des tours que je vois
Je me donne souvent la comédie à moi.
Peut-être en avez-vous déjà féru quelqu'une.
Vous est-il point encore arrivé de fortune ?
Les gens faits comme vous font plus que les écus,
Et vous êtes de taille à faire des cocus.

HORACE

A ne vous rien cacher de la vérité pure,
J'ai d'amour en ces lieux eu certaine aventure,
Et l'amitié m'oblige à vous en faire part.

ARNOLPHE

Bon ! voici de nouveau quelque conte gaillard ;
Et ce sera de quoi mettre sur mes tablettes.

HORACE

Mais, de grâce, qu'au moins ces choses soient secrètes.

ARNOLPHE

Oh !

HORACE

        Vous n'ignorez pas qu'en ces occasions
Un secret éventé rompt nos prétentions.
Je vous avouerai donc avec pleine franchise
Qu'ici d'une beauté mon âme s'est éprise.
Mes petits soins d'abord ont eu tant de succès,

Que je me suis chez elle ouvert un doux accès ;
Et sans trop me vanter ni lui faire une injure,
Mes affaires y sont en fort bonne posture.

ARNOLPHE, riant.

Et c'est ?

HORACE, lui montrant le logis d'Agnès.

Un jeune objet qui loge en ce logis
Dont vous voyez d'ici que les murs sont rougis ;
Simple, à la vérité, par l'erreur sans seconde
D'un homme qui la cache au commerce du monde,
Mais qui, dans l'ignorance où l'on veut l'asservir,
Fait briller des attraits capables de ravir ;
Un air tout engageant, je ne sais quoi de tendre,
Dont il n'est point de cœur qui se puisse défendre.
Mais peut-être il n'est pas que vous n'ayez bien vu
Ce jeune astre d'amour de tant d'attraits pourvu :
C'est Agnès qu'on l'appelle.

ARNOLPHE, à part.
Ah ! je crève !

HORACE
Pour l'homme,

C'est, je crois, de la Zousse ou Souche qu'on le nomme :
Je ne me suis pas fort arrêté sur le nom :
Riche, à ce qu'on m'a dit, mais des plus sensés, non ;
Et l'on m'en a parlé comme d'un ridicule.
Le connaissez-vous point ?

ARNOLPHE, à part.
La fâcheuse pilule !

HORACE

Eh ! vous ne dites mot ?

ARNOLPHE
Eh ! oui, je le connois.

HORACE

C'est un fou, n'est-ce pas ?

ARNOLPHE

Eh...

HORACE

                    Qu'en dites-vous ? quoi ?
Eh ? c'est-à-dire oui ? Jaloux à faire rire ?
Sot ? Je vois qu'il en est ce que l'on m'a pu dire.
Enfin l'aimable Agnès a su m'assujettir.
C'est un joli bijou, pour ne point vous mentir ;
Et ce serait péché qu'une beauté si rare
Fût laissée au pouvoir de cet homme bizarre.
Pour moi, tous mes efforts, tous mes vœux les plus doux
Vont à m'en rendre maître en dépit du jaloux ;
Et l'argent que de vous j'emprunte avec franchise
N'est que pour mettre à bout cette juste entreprise.
Vous savez mieux que moi, quels que soient nos efforts,
Que l'argent est la clef de tous les grands ressorts,
Et que ce doux métal qui frappe tant de têtes,
En amour, comme en guerre, avance les conquêtes.
Vous me semblez chagrin : serait-ce qu'en effet
Vous désapprouveriez le dessein que j'ai fait ?

ARNOLPHE

Non, c'est que je songeais...

HORACE

                    Cet entretien vous lasse :
Adieu. J'irai chez vous tantôt vous rendre grâce.

ARNOLPHE

Ah ! faut-il... !

HORACE, *revenant*.

          Derechef, veuillez être discret,
Et n'allez pas, de grâce, éventer mon secret.

ARNOLPHE

Que je sens dans mon âme... !

HORACE, *revenant*.

                    Et surtout à mon père,
Qui s'en ferait peut-être un sujet de colère.

ARNOLPHE, *croyant qu'il revient encore.*

Oh !... Oh ! que j'ai souffert durant cet entretien !
Jamais trouble d'esprit ne fut égal au mien.
Avec quelle imprudence et quelle hâte extrême
Il m'est venu conter cette affaire à moi-même !
Bien que mon autre nom le tienne dans l'erreur,
Étourdi montra-t-il jamais tant de fureur ?
Mais ayant tant souffert, je devais me contraindre
Jusques à m'éclaircir de ce que je dois craindre,
A pousser jusqu'au bout son caquet indiscret,
Et savoir pleinement leur commerce secret.
Tâchons à le rejoindre : il n'est pas loin, je pense.
Tirons-en de ce fait l'entière confidence.
Je tremble du malheur qui m'en peut arriver,
Et l'on cherche souvent plus qu'on ne veut trouver.

ACTE II

ARNOLPHE

Il m'est, lorsque j'y pense, avantageux sans doute
D'avoir perdu mes pas et pu manquer sa route ;
Car enfin de mon cœur le trouble impérieux
N'eût pu se renfermer tout entier à ses yeux :
Il eût fait éclater l'ennui qui me dévore,
Et je ne voudrais pas qu'il sût ce qu'il ignore.
Mais je ne suis pas homme à gober le morceau,
Et laisser un champ libre aux vœux du damoiseau :
J'en veux rompre le cours et, sans tarder, apprendre
Jusqu'où l'intelligence entre eux a pu s'étendre.
J'y prends pour mon honneur un notable intérêt :
Je la regarde en femme, aux termes qu'elle en est ;
Elle n'a pu faillir sans me couvrir de honte,
Et tout ce qu'elle a fait enfin est sur mon compte.
Éloignement fatal ! voyage malheureux !

Frappant à la porte.

SCÈNE II

ALAIN, GEORGETTE, ARNOLPHE

ALAIN

Ah ! Monsieur, cette fois...

ARNOLPHE

       Paix. Venez çà tous deux.
Passez là, passez là. Venez là, venez, dis-je.

GEORGETTE

Ah ! vous me faites peur, et tout mon sang se fige.

ARNOLPHE

C'est donc ainsi qu'absent vous m'avez obéi ?
Et tous deux de concert vous m'avez donc trahi ?

GEORGETTE

Eh ! ne me mangez pas, Monsieur, je vous conjure.

ALAIN, *à part.*

Quelque chien enragé l'a mordu, je m'assure.

ARNOLPHE

Ouf ! Je ne puis parler, tant je suis prévenu :
Je suffoque, et voudrais me pouvoir mettre nu.
Vous avez donc souffert, ô canaille maudite,
Qu'un homme soit venu ?... Tu veux prendre la fuite !
Il faut que sur-le-champ... Si tu bouges... ! Je veux
Que vous me disiez... Euh ! Oui, je veux que tous deux...
Quiconque remuera, par la mort ! je l'assomme.
Comment est-ce que chez moi s'est introduit cet homme ?
Eh ! parlez, dépêchez, vite, promptement, tôt,
Sans rêver. Veut-on dire ?

ALAIN ET GEORGETTE
       Ah ! Ah !

GEORGETTE

       Le cœur me faut.

ALAIN

Je meurs.

ARNOLPHE

Je suis en eau : prenons un peu d'haleine ;
Il faut que je m'évente, et que je me promène.
Aurais-je deviné quand je l'ai vu petit
Qu'il croîtrait pour cela ? Ciel ! que mon cœur pâtit !
Je pense qu'il vaut mieux que de sa propre bouche
Je tire avec douceur l'affaire qui me touche.
Tâchons de modérer notre ressentiment.
Patience, mon cœur, doucement, doucement.
Levez-vous, et rentrant, faites qu'Agnès descende.
Arrêtez. Sa surprise en deviendrait moins grande :
Du chagrin qui me trouble ils iraient l'avertir,
Et moi-même je veux l'aller faire sortir.
Que l'on m'attende ici.

SCÈNE III

ALAIN, GEORGETTE

GEORGETTE

Mon Dieu ! qu'il est terrible !
Ses regards m'ont fait peur, mais une peur horrible ;
Et jamais je ne vis un plus hideux chrétien.

ALAIN

Ce Monsieur l'a fâché : je te le disais bien.

GEORGETTE

Mais que diantre est-ce là, qu'avec tant de rudesse
Il nous fait au logis garder notre maîtresse ?
D'où vient qu'à tout le monde il veut tant la cacher,
Et qu'il ne saurait voir personne en approcher ?

ALAIN

C'est que cette action le met en jalousie.

GEORGETTE

Mais d'où vient qu'il est pris de cette fantaisie ?

ALAIN

Cela vient... cela vient de ce qu'il est jaloux.

Oui ; mais pourquoi l'est-il ? et pourquoi ce courroux ?

ALAIN

C'est que la jalousie... entends-tu bien, Georgette,
Est une chose... là... qui fait qu'on s'inquiète...
Et qui chasse les gens d'autour d'une maison.
Je m'en vais te bailler une comparaison,
Afin de concevoir la chose davantage.
Dis-moi, n'est-il pas vrai, quand tu tiens ton potage,
Que si quelque affamé venait pour en manger,
Tu serais en colère, et voudrais le charger ?

GEORGETTE

Oui, je comprends cela.

ALAIN

              C'est justement tout comme :
La femme est en effet le potage de l'homme ;
Et quand un homme voit d'autres hommes parfois
Qui veulent dans sa soupe aller tremper leurs doigts,
Il en montre aussitôt une colère extrême.

GEORGETTE

Oui ; mais pourquoi chacun n'en fait-il pas de même,
Et que nous en voyons qui paraissent joyeux
Lorsque leurs femmes sont avec les biaux Monsieux.

ALAIN

C'est que chacun n'a pas cette amitié goulue
Qui n'en veut que pour soi.

GEORGETTE

             Si je n'ai la berlue,
Je le vois qui revient.

ALAIN

          Tes yeux sont bons, c'est lui.

GEORGETTE

Vois comme il est chagrin.

ALAIN

          C'est qu'il a de l'ennui.

SCÈNE IV

ARNOLPHE, AGNÈS, ALAIN, GEORGETTE

ARNOLPHE

Un certain Grec disait à l'empereur Auguste,
Comme une instruction utile autant que juste,
Que lorsqu'une aventure en colère nous met,
Nous devons, avant tout, dire notre alphabet,
Afin que dans ce temps la bile se tempère,
Et qu'on ne fasse rien que l'on ne doive faire.
J'ai suivi sa leçon sur le sujet d'Agnès,
Et je la fais venir en ce lieu tout exprès,
Sous prétexte d'y faire un tour de promenade,
Afin que les soupçons de mon esprit malade
Puissent sur le discours la mettre adroitement,
Et lui sondant le cœur, s'éclaircir doucement.
Venez, Agnès. Rentrez.

SCÈNE V

ARNOLPHE, AGNÈS

ARNOLPHE
La promenade est belle.

AGNÈS

Fort belle.

ARNOLPHE
Le beau jour !

AGNÈS
Fort beau.

ARNOLPHE
Quelle nouvelle ?

AGNÈS
Le petit chat est mort.

ARNOLPHE

C'est dommage ; mais quoi ?
Nous sommes tous mortels, et chacun est pour soi.
Lorsque j'étais aux champs, n'a-t-il point fait de pluie ?

AGNÈS

Non.

ARNOLPHE

Vous ennuyait-il ?

AGNÈS

Jamais je ne m'ennuie.

ARNOLPHE

Qu'avez-vous fait encor ces neuf ou dix jours-ci ?

AGNÈS

Six chemises, je pense, et six coiffes aussi.

ARNOLPHE, *ayant un peu rêvé.*
Le monde, chère Agnès, est une étrange chose.
Voyez la médisance, et comme chacun cause :
Quelques voisins m'ont dit qu'un jeune homme inconnu
Était en mon absence à la maison venu,
Que vous aviez souffert sa vue et ses harangues ;
Mais je n'ai point pris foi sur ces méchantes langues,
Et j'ai voulu gager que c'était faussement...

AGNÈS

Mon Dieu, ne gagez pas : vous perdriez vraiment.

ARNOLPHE

Quoi ? c'est la vérité qu'un homme... ?

AGNÈS

Chose sûre.
Il n'a presque bougé de chez nous, je vous jure.

ARNOLPHE, *à part.*
Cet aveu qu'elle fait avec sincérité
Me marque pour le moins son ingénuité.
Mais il me semble, Agnès, si ma mémoire est bonne,
Que j'avais défendu que vous vissiez personne.

AGNÈS

Oui ; mais quand je l'ai vu, vous ignorez pourquoi ;
Et vous en auriez fait, sans doute, autant que moi.

ARNOLPHE

Peut-être. Mais enfin contez-moi cette histoire.

AGNÈS

Elle est fort étonnante, et difficile à croire.
J'étais sur le balcon à travailler au frais,
Lorsque je vis passer sous les arbres d'auprès
Un jeune homme bien fait, qui rencontrant ma vue,
D'une humble révérence aussitôt me salue :
Moi pour ne point manquer à la civilité,
Je fis la révérence aussi de mon côté.
Soudain il me refait une autre révérence :
Moi, j'en refais de même une autre en diligence ;
Et lui d'une troisième aussitôt repartant,
D'une troisième aussi j'y repars à l'instant.
Il passe, vient, repasse, et toujours de plus belle
Me fait à chaque fois révérence nouvelle ;
Et moi, qui tous ces tours fixement regardais,
Nouvelle révérence aussi je lui rendais :
Tant que, si sur ce point la nuit ne fût venue,
Toujours comme cela je me serais tenue,
Ne voulant point céder, et recevoir l'ennui
Qu'il me pût estimer moins civile que lui.

ARNOLPHE

Fort bien.

AGNÈS

Le lendemain, étant sur notre porte,
Une vieille m'aborde, en parlant de la sorte :
« Mon enfant, le bon Dieu puisse-t-il vous bénir,
Et dans tous vos attraits longtemps vous maintenir !
Il ne vous a pas faite une belle personne
Afin de mal user des choses qu'il vous donne ;
Et vous devez savoir que vous avez blessé
Un cœur qui de s'en plaindre est aujourd'hui forcé. »

ARNOLPHE, *à part.*

Ah ! suppôt de Satan ! exécrable damnée !

AGNÈS

« Moi, j'ai blessé quelqu'un ! fis-je tout étonnée.
– Oui, dit-elle, blessé, mais blessé tout de bon ;
Et c'est l'homme qu'hier vous vîtes du balcon.
– Hélas ! qui pourrait, dis-je, en avoir été cause ?
Sur lui, sans y penser, fis-je choir quelque chose ?
– Non, dit-elle, vos yeux ont fait ce coup fatal,
Et c'est de leurs regards qu'est venu tout son mal.
– Hé ! mon Dieu ! ma surprise est, fis-je, sans seconde :
Mes yeux ont-ils du mal, pour en donner au monde ?
– Oui, fit-elle, vos yeux, pour causer le trépas,
Ma fille, ont un venin que vous ne savez pas.
En un mot, il languit, le pauvre misérable ;
Et s'il faut, poursuivit la vieille charitable,
Que votre cruauté lui refuse un secours,
C'est un homme à porter en terre dans deux jours.
– Mon Dieu ! j'en aurais, dis-je, une douleur bien grande.
Mais pour le secourir qu'est-ce qu'il me demande ?
– Mon enfant, me dit-elle, il ne veut obtenir
Que le bien de vous voir et vous entretenir :
Vos yeux peuvent eux seuls empêcher sa ruine
Et du mal qu'ils ont fait être la médecine.
– Hélas ! volontiers, dis-je ; et puisqu'il est ainsi,
Il peut, tant qu'il voudra, me venir voir ici. »

ARNOLPHE, *à part.*

Ah ! sorcière maudite, empoisonneuse d'âmes,
Puisse l'enfer payer tes charitables trames !

AGNÈS

Voilà comme il me vit, et reçut guérison.
Vous-même, à votre avis, n'ai-je pas eu raison ?
Et pouvais-je, après tout, avoir la conscience
De le laisser mourir faute d'une assistance,
Moi qui compatis tant aux gens qu'on fait souffrir
Et ne puis, sans pleurer, voir un poulet mourir ?

ARNOLPHE, *bas*.

Tout cela n'est parti que d'une âme innocente ;
Et j'en dois accuser mon absence imprudente,
Qui sans guide a laissé cette bonté de mœurs
Exposée aux aguets des rusés séducteurs.
Je crains que le pendard, dans ses vœux téméraires,
Un peu plus fort que jeu n'ait poussé les affaires.

AGNÈS

Qu'avez-vous ? Vous grondez, ce me semble, un petit ?
Est-ce que c'est mal fait ce que je vous ai dit ?

ARNOLPHE

Non. Mais de cette vue apprenez-moi les suites,
Et comme le jeune homme a passé ses visites.

AGNÈS

Hélas ! si vous saviez comme il était ravi,
Comme il perdit son mal sitôt que je le vis,
Le présent qu'il m'a fait d'une belle cassette,
Et l'argent qu'en ont eu notre Alain et Georgette,
Vous l'aimeriez sans doute et diriez comme nous...

ARNOLPHE

Oui. Mais que faisait-il étant seul avec vous ?

AGNÈS

Il jurait qu'il m'aimait d'un amour sans seconde,
Et me disait des mots les plus gentils du monde,
Des choses que jamais rien ne peut égaler,
Et dont, toutes les fois que je l'entends parler,
La douceur me chatouille et là-dedans remue
Certain je ne sais quoi dont je suis tout émue.

ARNOLPHE

O fâcheux examen d'un mystère fatal,
Où l'examinateur souffre seul tout le mal !

A Agnès.

Outre tous ces discours, toutes ces gentillesses,
Ne vous faisait-il point aussi quelques caresses ?

37

AGNÈS

Oh tant ! Il me prenait et les mains et les bras,
Et de me les baiser il n'était jamais las.

ARNOLPHE

Ne vous a-t-il point pris, Agnès, quelque autre chose ?

La voyant interdite.

Ouf !

AGNÈS

Hé ! il m'a...

ARNOLPHE

Quoi ?

AGNÈS

Pris...

ARNOLPHE

Euh !

AGNÈS

Le...

ARNOLPHE

Plaît-il ?

AGNÈS

Je n'ose,
Et vous vous fâcherez peut-être contre moi.

ARNOLPHE

Non.

AGNÈS

Si fait.

ARNOLPHE

Mon Dieu, non !

AGNÈS

Jurez donc votre foi.

ARNOLPHE

Ma foi, soit.

AGNÈS

Il m'a pris... Vous serez en colère.

ARNOLPHE

Non.

AGNÈS

Si.

ARNOLPHE

Non, non, non, non. Diantre, que de mystère !
Qu'est-ce qu'il vous a pris ?

AGNÈS

Il...

ARNOLPHE, *à part*.

Je souffre en damné.

AGNÈS

Il m'a pris le ruban que vous m'aviez donné.
A vous dire le vrai, je n'ai pu m'en défendre.

ARNOLPHE, *reprenant haleine*.

Passe pour le ruban. Mais je voulais apprendre
S'il ne vous a rien fait que vous baiser les bras.

AGNÈS

Comment ? est-ce qu'on fait d'autres choses ?

ARNOLPHE

Non pas.

Mais pour guérir du mal qu'il dit qui le possède,
N'a-t-il point exigé de vous d'autre remède ?

AGNÈS

Non. Vous pouvez juger, s'il en eût demandé,
Que pour le secourir j'aurais tout accordé.

ARNOLPHE

Grâce aux bontés du Ciel, j'en suis quitte à bon compte ;
Si j'y retombe plus, je veux bien qu'on m'affronte.
Chut. De votre innocence, Agnès, c'est un effet.
Je ne vous en dis mot : ce qui s'est fait est fait.

Je sais qu'en vous flattant le galant ne désire
{ Que de vous abuser, et puis après s'en rire. }

Oh ! point : il me l'a dit plus de vingt fois à moi.

ARNOLPHE

Ah ! vous ne savez pas ce que c'est que sa foi.
Mais enfin apprenez qu'accepter des cassettes,
Et de ces beaux blondins écouter les sornettes,
Que se laisser par eux, à force de langueur,
Baiser ainsi les mains et chatouiller le cœur,
Est un péché mortel des plus gros qu'il se fasse.

AGNÈS

Un péché, dites-vous ? Et la raison, de grâce ?

ARNOLPHE

La raison ? La raison est l'arrêt prononcé
Que par ces actions le Ciel est courroucé.

AGNÈS

Courroucé ! Mais pourquoi faut-il qu'il s'en courrouce ?
C'est une chose, hélas ! si plaisante et si douce !
J'admire quelle joie on goûte à tout cela,
Et je ne savais point encor ces choses-là.

ARNOLPHE

Oui, c'est un grand plaisir que toutes ces tendresses,
Ces propos si gentils et ces douces caresses ;
Mais il faut le goûter en toute honnêteté,
Et qu'en se mariant le crime en soit ôté.

AGNÈS

N'est-ce plus un péché lorsque l'on se marie ?

ARNOLPHE

Non.

AGNÈS

Mariez-moi donc promptement, je vous prie.

ARNOLPHE

Si vous le souhaitez, je le souhaite aussi,
Et pour vous marier on me revoit ici.

AGNÈS

Est-il possible ?

ARNOLPHE

Oui.

AGNÈS

Que vous me ferez aise !

ARNOLPHE

Oui, je ne doute point que l'hymen ne vous plaise.

AGNÈS

Vous nous voulez, nous deux...

ARNOLPHE

Rien de plus assuré.

AGNÈS

Que, si cela se fait, je vous caresserai !

ARNOLPHE

Hé ! la chose sera de ma part réciproque.

AGNÈS

Je ne reconnais point, pour moi, quand on se moque.
Parlez-vous tout de bon ?

ARNOLPHE

Oui, vous le pourrez voir.

AGNÈS

Nous serons mariés ?

ARNOLPHE

Oui.

AGNÈS

Mais quand ?

ARNOLPHE

Dès ce soir.

AGNÈS, *riant*.

Dès ce soir ?

ARNOLPHE

Dès ce soir. Cela vous fait donc rire ?

AGNÈS

Oui.

ARNOLPHE

Vous voir bien contente est ce que je désire.

AGNÈS

Hélas ! que je vous ai grande obligation,
Et qu'avec lui j'aurai de satisfaction !

ARNOLPHE

Avec qui ?

AGNÈS

Avec..., là.

ARNOLPHE

Là... : là n'est pas mon compte.
A choisir un mari vous êtes un peu prompte.
C'est un autre, en un mot, que je vous tiens tout prêt,
Et quant au Monsieur, là, je prétends, s'il vous plaît,
Dût le mettre au tombeau le mal dont il vous berce,
Qu'avec lui désormais vous rompiez tout commerce ;
Que, venant au logis, pour votre compliment
Vous lui fermiez au nez la porte honnêtement,
Et lui jetant, s'il heurte, un grès par la fenêtre,
L'obligiez tout de bon à ne plus y paraître.
M'entendez-vous, Agnès ? Moi, caché dans un coin,
De votre procédé je serai le témoin.

AGNÈS

Las ! il est si bien fait ! C'est...

ARNOLPHE

Ah ! que de langage !

AGNÈS

Je n'aurai pas le cœur...

ARNOLPHE

Point de bruit davantage.
Montez là-haut.

42

AGNÈS

Mais quoi ? voulez-vous... ?

ARNOLPHE

C'est assez.

Je suis maître, je parle : allez, obéissez.

ACTE III

SCÈNE I

ARNOLPHE, AGNÈS, ALAIN, GEORGETTE

ARNOLPHE

Oui, tout a bien été, ma joie est sans pareille :
Vous avez là suivi mes ordres à merveille,
Confondu de tout point le blondin séducteur,
Et voilà de quoi sert un sage directeur.
Votre innocence, Agnès, avait été surprise.
Voyez sans y penser où vous vous étiez mise :
Vous enfiliez tout droit, sans mon instruction,
Le grand chemin d'enfer et de perdition.
De tous ces damoiseaux on sait trop les coutumes :
Ils ont de beaux canons, force rubans et plumes,
Grands cheveux, belles dents, et des propos fort doux ;
Mais, comme je vous dis, la griffe est là-dessous ;
Et ce sont vrais Satans, dont la gueule altérée
De l'honneur féminin cherche à faire curée.
Mais, encore une fois, grâce au soin apporté,
Vous en êtes sortie avec honnêteté.
L'air dont je vous ai vu lui jeter cette pierre,
Qui de tous ses desseins a mis l'espoir par terre,
Me confirme encor mieux à ne point différer
Les noces où je dis qu'il vous faut préparer.
Mais, avant toute chose, il est bon de vous faire

Quelque petit discours qui vous soit salutaire.
Un siège au frais ici. Vous, si jamais en rien...

De toutes vos leçons nous nous souviendrons bien.
Cet autre Monsieur-là nous en faisait accroire ;
Mais...

     S'il entre jamais, je veux jamais ne boire.
Aussi bien est-ce un sot : il nous a l'autre fois
Donné deux écus d'or qui n'étaient pas de poids.

Ayez donc pour souper tout ce que je désire ;
Et pour notre contrat, comme je viens de dire.
Faites venir ici, l'un ou l'autre, au retour,
Le notaire qui loge au coin de ce carfour.

SCÈNE II

ARNOLPHE, AGNÈS

ARNOLPHE, *assis*.

Agnès, pour m'écouter, laissez là votre ouvrage.
Levez un peu la tête et tournez le visage :
Là, regardez-moi là durant cet entretien,
Et jusqu'au moindre mot imprimez-le-vous bien.
Je vous épouse, Agnès ; et cent fois la journée
Vous devez bénir l'heur de votre destinée,
Contempler la bassesse où vous avez été,
Et dans le même temps admirer ma bonté,
Qui de ce vil état de pauvre villageoise
Vous fait monter au rang d'honorable bourgeoise
Et jouir de la couche et des embrassements
D'un homme qui fuyait tous ces engagements,
Et dont à vingt partis, fort capables de plaire,
Le cœur a refusé l'honneur qu'il vous veut faire.
Vous devez toujours, dis-je, avoir devant les yeux

Le peu que vous étiez sans ce nœud glorieux,
Afin que cet objet d'autant mieux vous instruise
A mériter l'état où je vous aurai mise,
A toujours vous connaître, et faire qu'à jamais
Je puisse me louer de l'acte que je fais.
Le mariage, Agnès, n'est pas un badinage :
A d'austères devoirs le rang de femme engage,
Et vous n'y montez pas, à ce que je prétends,
Pour être libertine et prendre du bon temps.
Votre sexe n'est là que pour la dépendance :
Du côté de la barbe est la toute-puissance.
Bien qu'on soit deux moitiés de la société,
Ces deux moitiés pourtant n'ont point d'égalité :
L'une est moitié suprême et l'autre subalterne ;
L'une en tout est soumise à l'autre qui gouverne ;
Et ce que le soldat, dans son devoir instruit,
Montre d'obéissance au chef qui le conduit,
Le valet à son maître, un enfant à son père,
A son supérieur le moindre petit Frère,
N'approche point encor de la docilité,
Et de l'obéissance, et de l'humilité,
Et du profond respect où la femme doit être
Pour son mari, son chef, son seigneur et son maître.
Lorsqu'il jette sur elle un regard sérieux,
Son devoir aussitôt est de baisser les yeux,
Et de n'oser jamais le regarder en face
Que quand d'un doux regard il lui veut faire grâce.
C'est ce qu'entendent mal les femmes d'aujourd'hui ;
Mais ne vous gâtez pas sur l'exemple d'autrui.
Gardez-vous d'imiter ces coquettes vilaines
Dont par toute la ville on chante les fredaines,
Et de vous laisser prendre aux assauts du malin,
C'est-à-dire d'ouïr aucun jeune blondin.
Songez qu'en vous faisant moitié de ma personne,
C'est mon honneur, Agnès, que je vous abandonne ;
Que cet honneur est tendre et se blesse de peu ;
Que sur un tel sujet il ne faut point de jeu ;
Et qu'il est aux enfers des chaudières bouillantes
Où l'on plonge à jamais les femmes mal vivantes.
Ce que je vous dis là ne sont pas des chansons ;

Et vous devez du cœur dévorer ces leçons.
Si votre âme les suit, et fuit d'être coquette,
Elle sera toujours, comme un lis, blanche et nette ;
Mais s'il faut qu'à l'honneur elle fasse un faux bond,
Elle deviendra lors noire comme un charbon ;
Vous paraîtrez à tous un objet effroyable,
Et vous irez un jour, vrai partage du diable,
Bouillir dans les enfers à toute éternité :
Dont vous veuille garder la céleste bonté !
Faites la révérence. Ainsi qu'une novice
Par cœur dans le couvent doit savoir son office,
Entrant au mariage il en faut faire autant ;
Et voici dans ma poche un écrit important

Il se lève.

Qui vous enseignera l'office de la femme.
J'en ignore l'auteur, mais c'est quelque bonne âme ;
Et je veux que ce soit votre unique entretien.
Tenez. Voyons un peu si vous le lirez bien.

AGNÈS lit.

LES MAXIMES DU MARIAGE

OU *LES DEVOIRS DE LA FEMME MARIÉE*,

AVEC SON EXERCICE JOURNALIER

Iʳᵉ MAXIME

Celle qu'un lien honnête
Fait entrer au lit d'autrui,
Doit se mettre dans la tête,
Malgré le train d'aujourd'hui,
Que l'homme qui la prend, ne la prend que pour lui.

ARNOLPHE

Je vous expliquerai ce que cela veut dire ;
Mais pour l'heure présente il ne faut rien que lire.

AGNÈS poursuit.

IIᵉ MAXIME

Elle ne se doit parer
Qu'autant que peut désirer

Le mari qui la possède :
C'est lui que touche seul le soin de sa beauté ;
Et pour rien doit être compté
Que les autres la trouvent laide.

IIIᵉ MAXIME

Loin ces études d'œillades,
Ces eaux, ces blancs, ces pommades,
Et mille ingrédients qui font des teints fleuris :
A l'honneur tous les jours ce sont drogues mortelles ;
Et les soins de paraître belles
Se prennent peu pour les maris.

IVᵉ MAXIME

Sous sa coiffe, en sortant, comme l'honneur l'ordonne,
Il faut que de ses yeux elle étouffe les coups,
Car pour bien plaire à son époux,
Elle ne doit plaire à personne.

Vᵉ MAXIME

Hors ceux dont au mari la visite se rend,
La bonne règle défend
De recevoir aucune âme :
Ceux qui, de galante humeur,
N'ont affaire qu'à Madame,
N'accommodent pas Monsieur.

VIᵉ MAXIME

Il faut des présents des hommes
Qu'elle se défende bien ;
Car dans le siècle où nous sommes,
On ne donne rien pour rien.

VIIᵉ MAXIME

Dans ses meubles, dût-elle en avoir de l'ennui,
Il ne faut écritoire, encre, papier, ni plumes :
Le mari doit, dans les bonnes coutumes,
Écrire tout ce qui s'écrit chez lui.

VIIIᵉ MAXIME

Ces sociétés déréglées
Qu'on nomme belles assemblées
Des femmes tous les jours corrompent les esprits :
En bonne politique on les doit interdire ;

Car c'est là que l'on conspire
Contre les pauvres maris.

IXe MAXIME

Toute femme qui veut à l'honneur se vouer
    Doit se défendre de jouer,
    Comme d'une chose funeste :
    Car le jeu, fort décevant,
    Pousse une femme souvent
    A jouer de tout son reste.

Xe MAXIME

    Des promenades du temps,
    Ou repas qu'on donne aux champs,
    Il ne faut point qu'elle essaye :
    Selon les prudents cerveaux,
    Le mari, dans ces cadeaux,
    Est toujours celui qui paye.

XIe MAXIME...

ARNOLPHE

Vous achèverez seule ; et, pas à pas, tantôt
Je vous expliquerai ces choses comme il faut,
Je me suis souvenu d'une petite affaire :
Je n'ai qu'un mot à dire, et ne tarderai guère.
Rentrez, et conservez ce livre chèrement.
Si le Notaire vient, qu'il m'attende un moment.

SCÈNE III

ARNOLPHE

Je ne puis faire mieux que d'en faire ma femme.
Ainsi que je voudrai je tournerai cette âme ;
Comme un morceau de cire entre mes mains elle est,
Et je lui puis donner la forme qui me plaît.
Il s'en est peu fallu que, durant mon absence,
On ne m'ait attrapé par son trop d'innocence ;
Mais il vaut beaucoup mieux, à dire vérité,

Que la femme qu'on a pèche de ce côté.
De ces sortes d'erreurs le remède est facile :
Toute personne simple aux leçons est docile ;
Et si du bon chemin on l'a fait écarter,
Deux mots incontinent l'y peuvent rejeter.
Mais une femme habile est bien une autre bête ;
Notre sort ne dépend que de sa seule tête ;
De ce qu'elle s'y met rien ne la fait gauchir,
Et nos enseignements ne font là que blanchir :
Son bel esprit lui sert à railler nos maximes,
A se faire souvent des vertus de ses crimes,
Et trouver, pour venir à ses coupables fins,
Des détours à duper l'adresse des plus fins.
Pour se parer du coup en vain on se fatigue :
Une femme d'esprit est un diable en intrigue ;
Et dès que son caprice a prononcé tout bas
L'arrêt de notre honneur, il faut passer le pas :
Beaucoup d'honnêtes gens en pourraient bien que dire.
Enfin, mon étourdi n'aura pas lieu d'en rire.
Par son trop de caquet il a ce qu'il lui faut.
Voilà de nos Français l'ordinaire défaut :
Dans la possession d'une bonne fortune,
Le secret est toujours ce qui les importune ;
Et la vanité sotte a pour eux tant d'appas,
Qu'ils se pendraient plutôt que de ne causer pas.
Oh ! que les femmes sont du diable bien tentées,
Lorsqu'elles vont choisir ces têtes éventées,
Et que... ! Mais le voici... Cachons-nous toujours bien
Et découvrons un peu quel chagrin est le sien.

SCÈNE IV

HORACE, ARNOLPHE

HORACE
Je reviens de chez vous, et le destin me montre
Qu'il n'a pas résolu que je vous y rencontre.
Mais j'irai tant de fois, qu'enfin quelque moment...

ARNOLPHE

Hé ! mon Dieu, n'entrons point dans ce vain compliment :
Rien ne me fâche tant que ces cérémonies ;
Et si l'on m'en croyait, elles seraient bannies.
C'est un maudit usage ; et la plupart des gens
Y perdent sottement les deux tiers de leur temps.
Mettons donc sans façons. Hé bien ! vos amourettes ?
Puis-je, seigneur Horace, apprendre où vous en êtes ?
J'étais tantôt distrait par quelque vision ;
Mais depuis là-dessus j'ai fait réflexion :
De vos premiers progrès j'admire la vitesse,
Et dans l'événement mon âme s'intéresse.

HORACE

Ma foi, depuis qu'à vous s'est découvert mon cœur,
Il est à mon amour arrivé du malheur.

ARNOLPHE

Oh ! oh ! comment cela ?

HORACE

La fortune cruelle
A ramené des champs le patron de la belle.

ARNOLPHE

Quel malheur !

HORACE

Et de plus, à mon très grand regret,
Il a su de nous deux le commerce secret.

ARNOLPHE

D'où, diantre, a-t-il sitôt appris cette aventure ?

HORACE

Je ne sais ; mais enfin c'est une chose sûre.
Je pensais aller rendre, à mon heure à peu près,
Ma petite visite à ses jeunes attraits,
Lorsque, changeant pour moi de ton et de visage,
Et servante et valet m'ont bouché le passage,
Et d'un « Retirez-vous, vous nous importunez »,
M'ont assez rudement fermé la porte au nez.

ARNOLPHE

La porte au nez !

HORACE

    Au nez.

ARNOLPHE

    La chose est un peu forte.

HORACE

J'ai voulu leur parler au travers de la porte ;
Mais à tous mes propos ce qu'ils ont répondu
C'est : « Vous n'entrerez point, Monsieur l'a défendu. »

ARNOLPHE

Ils n'ont donc point ouvert ?

HORACE

    Non. Et de la fenêtre
Agnès m'a confirmé le retour de ce maître,
En me chassant de là d'un ton plein de fierté,
Accompagné d'un grès que sa main a jeté.

ARNOLPHE

Comment d'un grès ?

HORACE

    D'un grès de taille non petite,
Dont on a par ses mains régalé ma visite.

ARNOLPHE

Diantre ! ce ne sont pas des prunes que cela !
Et je trouve fâcheux l'état où vous voilà.

HORACE

Il est vrai, je suis mal par ce retour funeste.

ARNOLPHE

Certes, j'en suis fâché pour vous, je vous proteste.

HORACE

Cet homme me rompt tout.

ARNOLPHE

    Oui. Mais cela n'est rien,
Et de vous raccrocher vous trouverez moyen.

HORACE

Il faut bien essayer, par quelque intelligence,
De vaincre du jaloux l'exacte vigilance.

ARNOLPHE

Cela vous est facile. Et la fille, après tout,
Vous aime.

HORACE

Assurément.

ARNOLPHE

Vous en viendrez à bout.

HORACE

Je l'espère.

ARNOLPHE

Le grès vous a mis en déroute ;
Mais cela ne doit pas vous étonner.

HORACE

Sans doute,
Et j'ai compris d'abord que mon homme était là,
Qui, sans se faire voir, conduisait tout cela.
Mais ce qui m'a surpris, et qui va vous surprendre,
C'est un autre incident que vous allez entendre ;
Un trait hardi qu'a fait cette jeune beauté,
Et qu'on n'attendrait point de sa simplicité.
Il le faut avouer, l'amour est un grand maître :
Ce qu'on ne fut jamais il nous enseigne à l'être ;
Et souvent de nos mœurs l'absolu changement
Devient, par ses leçons, l'ouvrage d'un moment ;
De la nature, en nous, il force les obstacles,
Et ses effets soudains ont de l'air des miracles ;
D'un avare à l'instant il fait un libéral,
Un vaillant d'un poltron, un civil d'un brutal ;
Il rend agile à tout l'âme la plus pesante,
Et donne de l'esprit à la plus innocente.
Oui, ce dernier miracle éclate dans Agnès ;
Car, tranchant avec moi par ces termes exprès :
« Retirez-vous : mon âme aux visites renonce ;
Je sais tous vos discours, et voilà ma réponse »,

Cette pierre ou ce grès dont vous vous étonniez
Avec un mot de lettre est tombée à mes pieds ;
Et j'admire de voir cette lettre ajustée
Avec le sens des mots et la pierre jetée.
D'une telle action n'êtes-vous pas surpris ?
L'amour sait-il pas l'art d'aiguiser les esprits ?
Et peut-on me nier que ses flammes puissantes
Ne fassent dans un cœur des choses étonnantes ?
Que dites-vous du tour et de ce mot d'écrit ?
Euh ! n'admirez-vous point cette adresse d'esprit ?
Trouvez-vous pas plaisant de voir quel personnage
A joué mon jaloux dans tout ce badinage ?
Dites.

ARNOLPHE

Oui, fort plaisant.

HORACE

Riez-en donc un peu.

Arnolphe rit d'un ris forcé.

Cet homme, gendarmé d'abord contre mon feu,
Qui chez lui se retranche, et de grès fait parade,
Comme si j'y voulais entrer par escalade ;
Qui, pour me repousser, dans son bizarre effroi,
Anime du dedans tous ses gens contre moi,
Et qu'abuse à ses yeux, par sa machine même,
Celle qu'il veut tenir dans l'ignorance extrême !
Pour moi, je vous l'avoue, encor que son retour
En un grand embarras jette ici mon amour,
Je tiens cela plaisant autant qu'on saurait dire,
Je ne puis y songer sans de bon cœur en rire :
Et vous n'en riez pas assez, à mon avis.

ARNOLPHE, *avec un ris forcé.*
Pardonnez-moi, j'en ris tout autant que je puis.

HORACE
Mais il faut qu'en ami je vous montre la lettre.
Tout ce que son cœur sent, sa main a su l'y mettre,
Mais en termes touchants et tous pleins de bonté,
De tendresse innocente et d'ingénuité,

De la manière enfin que la pure nature
Exprime de l'amour la première blessure.

ARNOLPHE, *bas*.

Voilà, friponne, à quoi l'écriture te sert ;
Et contre mon dessein l'art t'en fut découvert.

HORACE, *lit*.

« Je veux vous écrire, et je suis bien en peine par où je m'y
prendrai. J'ai des pensées que je désirerais que vous sussiez ;
mais je ne sais comment faire pour vous les dire, et je me défie
de mes paroles. Comme je commence à connaître qu'on m'a
toujours tenue dans l'ignorance, j'ai peur de mettre quelque
chose qui ne soit pas bien, et d'en dire plus que je ne devrais.
En vérité, je ne sais ce que vous m'avez fait ; mais je sens que
je suis fâchée à mourir de ce qu'on me fait faire contre vous,
que j'aurai toutes les peines du monde à me passer de vous, et
que je serais bien aise d'être à vous. Peut-être qu'il y a du mal
à dire cela ; mais enfin je ne puis m'empêcher de le dire, et je
voudrais que cela se pût faire sans qu'il y en eût. On me dit fort
que tous les jeunes hommes sont des trompeurs, qu'il ne les faut
point écouter, et que tout ce que vous me dites n'est que pour
m'abuser ; mais je vous assure que je n'ai pu encore me figurer
cela de vous, et je suis si touchée de vos paroles, que je ne
saurais croire qu'elles soient menteuses. Dites-moi franchement
ce qui en est ; car enfin, comme je suis sans malice, vous auriez
le plus grand tort du monde, si vous me trompiez ; et je pense
que j'en mourrais de déplaisir. »

ARNOLPHE

Hon ! chienne !

HORACE

Qu'avez-vous ?

ARNOLPHE

Moi ? rien. C'est que je tousse.

HORACE

Avez-vous jamais vu d'expression plus douce ?
Malgré les soins maudits d'un injuste pouvoir,
Un plus beau naturel peut-il se faire voir ?
Et n'est-ce pas sans doute un crime punissable

De gâter méchamment ce fonds d'âme admirable,
D'avoir dans l'ignorance et la stupidité
Voulu de cet esprit étouffer la clarté ?
L'amour a commencé d'en déchirer le voile ;
Et si, par la faveur de quelque bonne étoile,
Je puis, comme j'espère, à ce franc animal,
Ce traître, ce bourreau, ce faquin, ce brutal...

ARNOLPHE

Adieu.

HORACE

     Comment, si vite ?

ARNOLPHE

          Il m'est dans la pensée,
Venu tout maintenant une affaire pressée.

HORACE

Mais ne sauriez-vous point, comme on la tient de près,
Qui dans cette maison pourrait avoir accès ?
J'en use sans scrupule ; et ce n'est pas merveille
Qu'on se puisse, entre amis, servir à la pareille.
Je n'ai plus là-dedans que gens pour m'observer ;
Et servante et valet, que je viens de trouver,
N'ont jamais, de quelque air que je m'y sois pu prendre,
Adouci leur rudesse à me vouloir entendre.
J'avais pour de tels coups certaine vieille en main,
D'un génie, à vrai dire, au-dessus de l'humain :
Elle m'a dans l'abord servi de bonne sorte ;
Mais depuis quatre jours la pauvre femme est morte.
Ne me pourriez-vous point ouvrir quelque moyen ?

ARNOLPHE

Non, vraiment ; et sans moi vous en trouverez bien.

HORACE

Adieu donc. Vous voyez ce que je vous confie.

ARNOLPHE

Comme il faut devant lui que je me mortifie !
Quelle peine à cacher mon déplaisir cuisant !
Quoi ? pour une innocente un esprit si présent !
Elle a feint d'être telle à mes yeux, la traîtresse,
Ou le diable à son âme a soufflé cette adresse.
Enfin me voilà mort par ce funeste écrit.
Je vois qu'il a, le traître, empaumé son esprit,
Qu'à ma suppression il s'est ancré chez elle ;
Et c'est mon désespoir et ma peine mortelle.
Je souffre doublement dans le vol de son cœur,
Et l'amour y pâtit aussi bien que l'honneur,
J'enrage de trouver cette place usurpée,
Et j'enrage de voir ma prudence trompée.
Je sais que, pour punir son amour libertin,
Je n'ai qu'à laisser faire à son mauvais destin,
Que je serai vengé d'elle par elle-même ;
Mais il est bien fâcheux de perdre ce qu'on aime.
Ciel ! puisque pour un choix j'ai tant philosophé,
Faut-il de ses appas m'être si fort coiffé !
Elle n'a ni parents, ni support, ni richesse ;
Elle trahit mes soins, mes bontés, ma tendresse :
Et cependant je l'aime, après ce lâche tour,
Jusqu'à ne me pouvoir passer de cet amour.
Sot, n'as-tu point de honte ? Ah ! je crève, j'enrage.
Et je souffletterais mille fois mon visage.
Je veux entrer un peu, mais seulement pour voir
Quelle est sa contenance après un trait si noir.
Ciel, faites que mon front soit exempt de disgrâce ;
Ou bien, s'il est écrit qu'il faille que j'y passe,
Donnez-moi tout au moins, pour de tels accidents,
La constance qu'on voit à de certaines gens !

ACTE IV

SCÈNE I

ARNOLPHE

J'ai peine, je l'avoue, à demeurer en place,
Et de mille soucis mon esprit s'embarrasse,
Pour pouvoir mettre un ordre et dedans et dehors
Qui du godelureau rompe tous les efforts.
De quel œil la traîtresse a soutenu ma vue !
De tout ce qu'elle a fait elle n'est point émue ;
Et bien qu'elle me mette à deux doigts du trépas,
On dirait, à la voir, qu'elle n'y touche pas.
Plus en la regardant je la voyais tranquille,
Plus je sentais en moi s'échauffer une bile ;
Et ces bouillants transports dont s'enflammait mon cœur
Y semblaient redoubler mon amoureuse ardeur ;
J'étais aigri, fâché, désespéré contre elle :
Et cependant jamais je ne la vis si belle,
Jamais ses yeux aux miens n'ont paru si perçants,
Jamais je n'eus pour eux des désirs si pressants ;
Et je sens là-dedans qu'il faudra que je crève
Si de mon triste sort la disgrâce s'achève.
Quoi ? j'aurai dirigé son éducation
Avec tant de tendresse et de précaution,
Je l'aurai fait passer chez moi dès son enfance,
Et j'en aurai chéri la plus tendre espérance,
Mon cœur aura bâti sur ses attraits naissants

Et cru la mitonner pour moi durant treize ans,
Afin qu'un jeune fou dont elle s'amourache
Me la vienne enlever jusque sur la moustache,
Lorsqu'elle est avec moi mariée à demi !
Non, parbleu ! non, parbleu ! Petit sot, mon ami
Vous aurez beau tourner : ou j'y perdrai mes peines,
Ou je rendrai, ma foi, vos espérances vaines,
Et de moi tout à fait vous ne vous rirez point.

SCÈNE II

LE NOTAIRE, ARNOLPHE

LE NOTAIRE

Ah ! le voilà ! Bonjour. Me voici tout à point.
Pour dresser le contrat que vous souhaitez faire.

ARNOLPHE, *sans le voir.*

Comment faire ?

LE NOTAIRE

Il le faut dans la forme ordinaire.

ARNOLPHE, *sans le voir.*

A mes précautions je veux songer de près.

LE NOTAIRE

Je ne passerai rien contre vos intérêts.

ARNOLPHE, *sans le voir.*

Il se faut garantir de toutes les surprises.

LE NOTAIRE

Suffit qu'entre mes mains vos affaires soient mises.
Il ne vous faudra point, de peur d'être déçu,
Quittancer le contrat que vous n'ayez reçu.

ARNOLPHE, *sans le voir.*

J'ai peur, si je vais faire éclater quelque chose,
Que de cet incident par la ville on ne cause.

LE NOTAIRE

Hé bien ! il est aisé d'empêcher cet éclat,
Et l'on peut en secret faire votre contrat.

ARNOLPHE, *sans le voir.*

Mais comment faudra-t-il qu'avec elle j'en sorte ?

LE NOTAIRE

Le douaire se règle au bien qu'on vous apporte.

ARNOLPHE, *sans le voir.*

Je l'aime, et cet amour est mon grand embarras.

LE NOTAIRE

On peut avantager une femme en ce cas.

ARNOLPHE, *sans le voir.*

Quel traitement lui faire en pareille aventure ?

LE NOTAIRE

L'ordre est que le futur doit douer la future
Du tiers du dot qu'elle a ; mais cet ordre n'est rien,
Et l'on va plus avant lorsque l'on le veut bien.

ARNOLPHE, *sans le voir.*

Si...

LE NOTAIRE, *Arnolphe l'apercevant.*

Pour le préciput, il les regarde ensemble.
Je dis que le futur peut comme bon lui semble
Douer la future.

ARNOLPHE, *l'ayant aperçu.*

Euh ?

LE NOTAIRE

Il peut l'avantager
Lorsqu'il l'aime beaucoup et qu'il veut l'obliger,
Et cela par douaire, ou préfix qu'on appelle,
Qui demeure perdu par le trépas d'icelle,
Ou sans retour, qui va de ladite à ses hoirs,
Ou coutumier, selon les différents vouloirs,
Ou par donation dans le contrat formelle,
Qu'on fait ou pure et simple, ou qu'on fait mutuelle.
Pourquoi hausser le dos ? Est-ce qu'on parle en fat,

Et que l'on ne sait pas les formes d'un contrat ?
Qui me les apprendra ? Personne, je présume.
Sais-je pas qu'étant joints, on est par la Coutume
Communs en meubles, biens immeubles et conquêts,
A moins que par un acte on y renonce exprès ?
Sais-je pas que le tiers du bien de la future
Entre en communauté pour...

ARNOLPHE

         Oui, c'est chose sûre,
Vous savez tout cela ; mais qui vous en dit mot ?

LE NOTAIRE

Vous, qui me prétendez faire passer pour sot,
En me haussant l'épaule et faisant la grimace.

ARNOLPHE

La peste soit fait l'homme, et sa chienne de face !
Adieu : c'est le moyen de vous faire finir.

LE NOTAIRE

Pour dresser un contrat m'a-t-on pas fait venir ?

ARNOLPHE

Oui, je vous ai mandé ; mais la chose est remise,
Et l'on vous mandera quand l'heure sera prise,
Voyez quel diable d'homme avec son entretien !

LE NOTAIRE

Je pense qu'il en tient ; et je crois penser bien.

SCÈNE III

LE NOTAIRE, ALAIN, GEORGETTE, ARNOLPHE

LE NOTAIRE

M'êtes-vous pas venu quérir pour votre maître ?

ALAIN

Oui.

J'ignore pour qui vous le pouvez connaître,
Mais allez de ma part lui dire de ce pas
Que c'est un fou fieffé.

GEORGETTE
Nous n'y manquerons pas.

SCÈNE IV

ALAIN, GEORGETTE, ARNOLPHE

ALAIN
Monsieur...

ARNOLPHE
Approchez-vous : vous êtes mes fidèles,
Mes bons, mes vrais amis, et j'en sais des nouvelles.

ALAIN
Le Notaire...

ARNOLPHE
Laissons, c'est pour quelque autre jour.
On veut à mon honneur jouer d'un mauvais tour ;
Et quel affront pour vous, mes enfants, pourrait-ce être,
Si l'on avait ôté l'honneur à votre maître !
Vous n'oseriez après paraître en nul endroit,
Et chacun, vous voyant, vous montrerait au doigt.
Donc, puisque autant que moi l'affaire vous regarde,
Il faut de votre part faire une telle garde,
Que ce galant ne puisse en aucune façon...

GEORGETTE
Vous nous avez tantôt montré notre leçon.

ARNOLPHE
Mais à ses beaux discours gardez bien de vous rendre.

ALAIN
Oh ! vraiment.

GEORGETTE

Nous savons comme il faut s'en défendre.

ARNOLPHE

S'il venait doucement : « Alain, mon pauvre cœur,
Par un peu de secours soulage ma langueur. »

ALAIN

Vous êtes un sot.

ARNOLPHE

A Georgette.

Bon. « Georgette, ma mignonne,
Tu me parais si douce et si bonne personne. »

GEORGETTE

Vous êtes un nigaud.

ARNOLPHE

A Alain.

Bon. « Quel mal trouves-tu
Dans un dessein honnête et tout plein de vertu ? »

ALAIN

Vous êtes un fripon.

ARNOLPHE

A Georgette.

Fort bien. « Ma mort est sûre,
Si tu ne prends pitié des peines que j'endure. »

GEORGETTE

Vous êtes un benêt, un impudent.

ARNOLPHE

Fort bien.

« Je ne suis pas un homme à vouloir rien pour rien ;
Je sais, quand on me sert, en garder la mémoire ;
Cependant, par avance, Alain, voilà pour boire ;
Et voilà pour t'avoir, Georgette, un cotillon :

Ils tendent tous deux la main et prennent l'argent.

Ce n'est de mes bienfaits qu'un simple échantillon.
Toute la courtoisie enfin dont je vous presse,
C'est que je puisse voir votre belle maîtresse. »

GEORGETTE, le poussant.

A d'autres.

ARNOLPHE

Bon cela.

ALAIN, le poussant.
Hors d'ici.

ARNOLPHE
Bon.

GEORGETTE, le poussant.
Mais tôt.

ARNOLPHE

Bon. Holà ! c'est assez.

GEORGETTE
Fais-je pas comme il faut ?

ALAIN

Est-ce de la façon que vous voulez l'entendre ?

ARNOLPHE

Oui, fort bien, hors l'argent, qu'il ne fallait pas prendre.

GEORGETTE

Nous ne nous sommes pas souvenus de ce point.

ALAIN

Voulez-vous qu'à l'instant nous recommencions ?

ARNOLPHE
Point :

Suffit. Rentrez tous deux.

ALAIN
Vous n'avez rien qu'à dire.

ARNOLPHE

Non, vous dis-je ; rentrez, puisque je le désire.
Je vous laisse l'argent. Allez : je vous rejoins.
Ayez bien l'œil à tout, et secondez mes soins.

SCÈNE V

ARNOLPHE

Je veux, pour espion qui soit d'exacte vue,
Prendre le savetier du coin de notre rue.
Dans la maison toujours je prétends la tenir,
Y faire bonne garde, et surtout en bannir
Vendeuses de ruban, perruquières, coiffeuses,
Faiseuses de mouchoirs, gantières, revendeuses,
Tous ces gens qui sous main travaillent chaque jour
A faire réussir les mystères d'amour.
Enfin j'ai vu le monde et j'en sais les finesses.
Il faudra que mon homme ait de grandes adresses
Si message ou poulet de sa part peut entrer.

SCÈNE VI

HORACE, ARNOLPHE

HORACE
La place m'est heureuse à vous y rencontrer.
Je viens de l'échapper bien belle, je vous jure.
Au sortir d'avec vous, sans prévoir l'aventure,
Seule dans son balcon j'ai vu paraître Agnès,
Qui des arbres prochains prenait un peu le frais.
Après m'avoir fait signe, elle a su faire en sorte,
Descendant au jardin, de m'en ouvrir la porte ;
Mais à peine tous deux dans sa chambre étions-nous,
Qu'elle a sur les degrés entendu son jaloux ;
Et tout ce qu'elle a pu dans un tel accessoire,
C'est de me renfermer dans une grande armoire.
Il est entré d'abord : je ne le voyais pas,
Mais je l'oyais marcher, sans rien dire, à grands pas
Poussant de temps en temps des soupirs pitoyables,
Et donnant quelquefois de grands coups sur les tables,
Frappant un petit chien qui pour lui s'émouvait,
Et jetant brusquement les hardes qu'il trouvait ;

Il a même cassé, d'une main mutinée,
Des vases dont la belle ornait sa cheminée ;
Et sans doute il faut bien qu'à ce becque cornu
Du trait qu'elle a joué quelque jour soit venu.
Enfin, après cent tours, ayant de la manière
Sur ce qui n'en peut mais déchargé sa colère,
Mon jaloux inquiet, sans dire son ennui,
Est sorti de la chambre, et moi de mon étui.
Nous n'avons point voulu, de peur du personnage,
Risquer à nous tenir ensemble davantage ;
C'était trop hasarder ; mais je dois, cette nuit,
Dans sa chambre un peu tard m'introduire sans bruit.
En toussant par trois fois je me ferai connaître ;
Et je dois au signal voir ouvrir la fenêtre,
Dont, avec une échelle, et secondé d'Agnès,
Mon amour tâchera de me gagner l'accès.
Comme à mon seul ami, je veux bien vous l'apprendre :
L'allégresse du cœur s'augmente à la répandre ;
Et goûtât-on cent fois un bonheur trop parfait,
On n'en est pas content, si quelqu'un ne le sait.
Vous prendrez part, je pense, à l'heur de mes affaires.
Adieu. Je vais songer aux choses nécessaires.

SCÈNE VII

ARNOLPHE

Quoi ? l'astre qui s'obstine à me désespérer
Ne me donnera pas le temps de respirer ?
Coup sur coup je verrai, par leur intelligence,
De mes soins vigilants confondre la prudence ?
Et je serai la dupe, en ma maturité,
D'une jeune innocente et d'un jeune éventé ?
En sage philosophe on m'a vu, vingt années,
Contempler des maris les tristes destinées,
Et m'instruire avec soin de tous les accidents
Qui font dans le malheur tomber les plus prudents ;
Des disgrâces d'autrui profitant dans mon âme,

J'ai cherché les moyens, voulant prendre une femme,
De pouvoir garantir mon front de tous affronts,
Et le tirer de pair d'avec les autres fronts.
Pour ce noble dessein, j'ai cru mettre en pratique
Tout ce que peut trouver l'humaine politique ;
Et comme si du sort il était arrêté
Que nul homme ici-bas n'en serait exempté,
Après l'expérience et toutes les lumières
Que j'ai pu m'acquérir sur de telles matières,
Après vingt ans et plus de méditation
Pour me conduire en tout avec précaution,
De tant d'autres maris j'aurais quitté la trace
Pour me trouver après dans la même disgrâce ?
Ah ! bourreau de destin, vous en aurez menti.
De l'objet qu'on poursuit je suis encor nanti ;
Si son cœur m'est volé par ce blondin funeste,
J'empêcherai du moins qu'on s'empare du reste,
Et cette nuit, qu'on prend pour le galant exploit,
Ne se passera pas si doucement qu'on croit.
Ce m'est quelque plaisir, parmi tant de tristesse,
Que l'on me donne avis du piège qu'on me dresse,
Et que cet étourdi, qui veut m'être fatal,
Fasse son confident de son propre rival.

SCÈNE VIII

CHRYSALDE, ARNOLPHE

CHRYSALDE

Hé bien ! souperons-nous avant la promenade ?

ARNOLPHE

Non, je jeûne ce soir.

CHRYSALDE

D'où vient cette boutade ?

ARNOLPHE

De grâce, excusez-moi : j'ai quelque autre embarras.

CHRYSALDE

Votre hymen résolu ne se fera-t-il pas ?

ARNOLPHE

C'est trop s'inquiéter des affaires des autres.

CHRYSALDE

Oh ! oh ! si brusquement ! Quels chagrins sont les vôtres ?
Serait-il point, compère, à votre passion
Arrivé quelque peu de tribulation ?
Je le jurerais presque à voir votre visage.

ARNOLPHE

Quoi qu'il m'arrive, au moins aurai-je l'avantage
De ne pas ressembler à de certaines gens
Qui souffrent doucement l'approche des galants.

CHRYSALDE

C'est un étrange fait, qu'avec tant de lumières,
Vous vous effarouchiez toujours sur ces matières,
Qu'en cela vous mettiez le souverain bonheur,
Et ne conceviez point au monde d'autre honneur.
Être avare, brutal, fourbe, méchant et lâche,
N'est rien, à votre avis, auprès de cette tache ;
Et, de quelque façon qu'on puisse avoir vécu,
On est homme d'honneur quand on n'est point cocu.
A le bien prendre au fond, pourquoi voulez-vous croire
Que de ce cas fortuit dépende notre gloire,
Et qu'une âme bien née ait à se reprocher
L'injustice d'un mal qu'on ne peut empêcher ?
Pourquoi voulez-vous, dis-je, en prenant une femme,
Qu'on soit digne, à son choix, de louange ou de blâme,
Et qu'on s'aille former un monstre plein d'effroi
De l'affront que nous fait son manquement de foi ?
Mettez-vous dans l'esprit qu'on peut du cocuage
Se faire en galant homme une plus douce image,
Que des coups du hasard aucun n'étant garant,
Cet accident de soi doit être indifférent,
Et qu'enfin tout le mal, quoi que le monde glose,
N'est que dans la façon de recevoir la chose ;
Car, pour se bien conduire en ces difficultés,

Il y faut, comme en tout, fuir les extrémités,
N'imiter pas ces gens un peu trop débonnaires
Qui tirent vanité de ces sortes d'affaires,
De leurs femmes toujours vont citant les galants,
En font partout l'éloge, et prônent leurs talents,
Témoignent avec eux d'étroites sympathies,
Sont de tous leurs cadeaux, de toutes leurs parties,
Et font qu'avec raison les gens sont étonnés
De voir leur hardiesse à montrer là leur nez.
Ce procédé, sans doute, est tout à fait blâmable ;
Mais l'autre extrémité n'est pas moins condamnable.
Si je n'approuve pas ces amis des galants,
Je ne suis pas aussi pour ces gens turbulents
Dont l'imprudent chagrin, qui tempête et qui gronde,
Attire au bruit qu'il fait les yeux de tout le monde,
Et qui, par cet éclat, semblent ne pas vouloir
Qu'aucun puisse ignorer ce qu'ils peuvent avoir.
Entre ces deux partis il en est un honnête,
Où dans l'occasion l'homme prudent s'arrête ;
Et quand on le sait prendre, on n'a point à rougir
Du pis dont une femme avec nous puisse agir.
Quoi qu'on en puisse dire enfin, le cocuage
Sous des traits moins affreux aisément s'envisage ;
Et, comme je vous dis, toute l'habileté
Ne va qu'à le savoir tourner du bon côté.

ARNOLPHE

Après ce beau discours, toute la confrérie
Doit un remerciement à Votre Seigneurie ;
Et quiconque voudra vous entendre parler
Montrera de la joie à s'y voir enrôler.

CHRYSALDE

Je ne dis pas cela, car c'est ce que je blâme ;
Mais, comme c'est le sort qui nous donne une femme,
Je dis que l'on doit faire ainsi qu'au jeu de dés,
Où, s'il ne vous vient pas ce que vous demandez,
Il faut jouer d'adresse, et d'une âme réduite
Corriger le hasard par la bonne conduite.

70

C'est-à-dire dormir et manger toujours bien,
Et se persuader que tout cela n'est rien.

CHRYSALDE

Vous pensez vous moquer ; mais, à ne vous rien feindre,
Dans le monde je vois cent choses plus à craindre
Et dont je me ferais un bien plus grand malheur
Que de cet accident qui vous fait tant de peur.
Pensez-vous qu'à choisir de deux choses prescrites,
Je n'aimasse pas mieux être ce que vous dites,
Que de me voir mari de ces femmes de bien,
Dont la mauvaise humeur fait un procès sur rien,
Ces dragons de vertu, ces honnêtes diablesses,
Se retranchant toujours sur leurs sages prouesses.
Qui, pour un petit tort qu'elles ne nous font pas,
Prennent droit de traiter les gens de haut en bas,
Et veulent, sur le pied de nous être fidèles,
Que nous soyons tenus à tout endurer d'elles ?
Encore un coup, compère, apprenez qu'en effet
Le cocuage n'est que ce que l'on le fait,
Qu'on peut le souhaiter pour de certaines causes,
Et qu'il a ses plaisirs comme les autres choses.

ARNOLPHE

Si vous êtes d'humeur à vous en contenter,
Quant à moi, ce n'est pas la mienne d'en tâter ;
Et plutôt que subir une telle aventure...

CHRYSALDE

Mon Dieu ! ne jurez point, de peur d'être parjure.
Si le sort l'a réglé, vos soins sont superflus,
Et l'on ne prendra pas votre avis là-dessus.

ARNOLPHE

Moi, je serais cocu ?

CHRYSALDE

Vous voilà bien malade !
Mille gens le sont bien, sans vous faire bravade,
Qui de mine, de cœur, de biens et de maison,
Ne feraient avec vous nulle comparaison.

71

ARNOLPHE

Et moi, je n'en voudrais avec eux faire aucune.
Mais cette raillerie, en un mot, m'importune :
Brisons là, s'il vous plaît.

CHRYSALDE

Vous êtes en courroux. *colère*

Nous en saurons la cause. Adieu. Souvenez-vous,
Quoi que sur ce sujet votre honneur vous inspire,
Que c'est être à demi ce que l'on vient de dire,
Que de vouloir jurer qu'on ne le sera pas.

ARNOLPHE

Moi, je le jure encore, et je vais de ce pas
Contre cet accident trouver un bon remède.

SCÈNE IX

ALAIN, GEORGETTE, ARNOLPHE

ARNOLPHE

Mes amis, c'est ici que j'implore votre aide.
Je suis édifié de votre affection ;
Mais il faut qu'elle éclate en cette occasion ;
Et si vous m'y servez selon ma confiance,
Vous êtes assurés de votre récompense.
L'homme que vous savez (n'en faites point de bruit)
Veut, comme je l'ai su, m'attraper cette nuit,
Dans la chambre d'Agnès entrer par escalade ;
Mais il lui faut nous trois dresser une embuscade.
Je veux que vous preniez chacun un bon bâton,
Et, quand il sera près du dernier échelon
(Car dans le temps qu'il faut j'ouvrirai la fenêtre),
Que tous deux, à l'envi, vous me chargiez ce traître,
Mais d'un air dont son dos garde le souvenir,
Et qui lui puisse apprendre à n'y plus revenir :
Sans me nommer pourtant en aucune manière,
Ni faire aucun semblant que je serai derrière.
Aurez-vous bien l'esprit de servir mon courroux ?

S'il ne tient qu'à frapper, Monsieur, tout est à nous :
Vous verrez, quand je bats, si j'y vais de main morte.

GEORGETTE

La mienne, quoique aux yeux elle n'est pas si forte,
N'en quitte pas sa part à le bien étriller.

ARNOLPHE

Rentrez donc ; et surtout gardez de babiller.
Voilà pour le prochain une leçon utile ;
Et si tous les maris qui sont en cette ville
De leurs femmes ainsi recevaient le galant,
Le nombre des cocus ne serait pas si grand.

ACTE V

SCÈNE I

ALAIN, GEORGETTE, ARNOLPHE

ARNOLPHE
Traîtres, qu'avez-vous fait par cette violence ?

ALAIN
Nous vous avons rendu, Monsieur, obéissance.

ARNOLPHE
De cette excuse en vain vous voulez vous armer :
L'ordre était de le battre, et non de l'assommer ;
Et c'était sur le dos, et non pas sur la tête,
Que j'avais commandé qu'on fît choir la tempête.
Ciel ! dans quel accident me jette ici le sort !
Et que puis-je résoudre à voir cet homme mort ?
Rentrez dans la maison, et gardez de rien dire
De cet ordre innocent que j'ai pu vous prescrire.
Le jour s'en va paraître, et je vais consulter
Comment dans ce malheur je me dois comporter.
Hélas ! que deviendrai-je ? et que dira le père,
Lorsque inopinément il saura cette affaire ?

SCÈNE II

HORACE, ARNOLPHE

HORACE

Il faut que j'aille un peu reconnaître qui c'est.

ARNOLPHE

Eût-on jamais prévu... Qui va là, s'il vous plaît ?

HORACE

C'est vous, Seigneur Arnolphe ?

ARNOLPHE

Oui. Mais vous ?...

HORACE

C'est Horace.

Je m'en allais chez vous, vous prier d'une grâce.
Vous sortez bien matin !

ARNOLPHE, *bas.*

Quelle confusion !
Est-ce un enchantement ? est-ce une illusion ?

HORACE

J'étais, à dire vrai, dans une grande peine,
Et je bénis du Ciel la bonté souveraine
Qui fait qu'à point nommé je vous rencontre ainsi.
Je viens vous avertir que tout a réussi,
Et même beaucoup plus que je n'eusse osé dire,
Et par un incident qui devait tout détruire.
Je ne sais point par où l'on a pu soupçonner
Cette assignation qu'on m'avait su donner ;
Mais, étant sur le point d'atteindre à la fenêtre,
J'ai, contre mon espoir, vu quelques gens paraître,
Qui, sur moi brusquement levant chacun le bras,
M'ont fait manquer le pied et tomber jusqu'en bas.
Et ma chute, aux dépens de quelque meurtrissure,
De vingt coups de bâton m'a sauvé l'aventure.
Ces gens-là, dont était, je pense, mon jaloux,
Ont imputé ma chute à l'effort de leurs coups ;
Et, comme la douleur, un assez long espace,

M'a fait sans remuer demeurer sur la place,
Ils ont cru tout de bon qu'ils m'avaient assommé,
Et chacun d'eux s'en est aussitôt alarmé.
J'entendais tout leur bruit dans le profond silence ;
L'un l'autre ils s'accusaient de cette violence ;
Et sans lumière aucune, en querellant le sort,
Sont venus doucement tâter si j'étais mort :
Je vous laisse à penser si, dans la nuit obscure,
J'ai d'un vrai trépassé su tenir la figure.
Ils se sont retirés avec beaucoup d'effroi ;
Et comme je songeais à me retirer, moi,
De cette feinte mort la jeune Agnès émue
Avec empressement est devers moi venue ;
Car les discours qu'entre eux ces gens avaient tenus
Jusques à son oreille étaient d'abord venus,
Et pendant tout ce trouble étant moins observée,
Du logis aisément elle s'était sauvée ;
Mais me trouvant sans mal, elle a fait éclater
Un transport difficile à bien représenter.
Que vous dirai-je ? Enfin cette aimable personne
A suivi les conseils que son amour lui donne,
N'a plus voulu songer à retourner chez soi,
Et de tout son destin s'est commise à ma foi.
Considérez un peu, par ce trait d'innocence,
Où l'expose d'un fou la haute impertinence,
Et quels fâcheux périls elle pourrait courir,
Si j'étais maintenant homme à la moins chérir.
Mais d'un trop pur amour mon âme est embrasée ;
J'aimerais mieux mourir que l'avoir abusée ;
Je lui vois des appas dignes d'un autre sort,
Et rien ne m'en saurait séparer que la mort.
Je prévois là-dessus l'emportement d'un père ;
Mais nous prendrons le temps d'apaiser sa colère.
A des charmes si doux je me laisse emporter,
Et dans la vie enfin il se faut contenter.
Ce que je veux de vous, sous un secret fidèle,
C'est que je puisse mettre en vos mains cette belle,
Que dans votre maison, en faveur de mes feux,
Vous lui donniez retraite au moins un jour ou deux.
Outre qu'aux yeux du monde il faut cacher sa fuite,

Et qu'on en pourra faire une exacte poursuite,
Vous savez qu'une fille aussi de sa façon
Donne avec un jeune homme un étrange soupçon ;
Et comme c'est à vous, sûr de votre prudence,
Que j'ai fait de mes feux entière confidence,
C'est à vous seul aussi, comme ami généreux,
Que je puis confier ce dépôt amoureux.

ARNOLPHE

Je suis, n'en doutez point, tout à votre service.

HORACE

Vous voulez bien me rendre un si charmant office ?

ARNOLPHE

Très volontiers, vous dis-je ; et je me sens ravir
De cette occasion que j'ai de vous servir,
Je rends grâces au Ciel de ce qu'il me l'envoie,
Et n'ai jamais rien fait avec si grande joie.

HORACE

Que je suis redevable à toutes vos bontés !
J'avais de votre part craint des difficultés ;
Mais vous êtes du monde, et dans votre sagesse
Vous savez excuser le feu de la jeunesse.
Un de mes gens la garde au coin de ce détour.

ARNOLPHE

Mais comment ferons-nous ? car il fait un peu jour ;
Si je la prends ici, l'on me verra peut-être ;
Et s'il faut que chez moi vous veniez à paraître,
Des valets causeront. Pour jouer au plus sûr,
Il faut me l'amener dans un lieu plus obscur.
Mon allée est commode, et je l'y vais attendre.

HORACE

Ce sont précautions qu'il est fort bon de prendre.
Pour moi, je ne ferai que vous la mettre en main,
Et chez moi, sans éclat, je retourne soudain.

ARNOLPHE, *seul*.

Ah ! fortune, ce trait d'aventure propice
Répare tous les maux que m'a faits ton caprice !

Il s'enveloppe le nez de son manteau.

SCÈNE III

AGNÈS, ARNOLPHE, HORACE

HORACE

Ne soyez point en peine où je vais vous mener :
C'est un logement sûr que je vous fais donner.
Vous loger avec moi, ce serait tout détruire :
Entrez dans cette porte et laissez-vous conduire.

Arnolphe lui prend la main sans qu'elle le reconnaisse.

AGNÈS

Pourquoi me quittez-vous ?

HORACE

Chère Agnès, il le faut.

AGNÈS

Songez donc, je vous prie, à revenir bientôt.

HORACE

J'en suis assez pressé par ma flamme amoureuse.

AGNÈS

Quand je ne vous vois point, je ne suis point joyeuse.

HORACE

Hors de votre présence, on me voit triste aussi.

AGNÈS

Hélas ! s'il était vrai, vous resteriez ici.

HORACE

Quoi ? vous pourriez douter de mon amour extrême !

AGNÈS

Non, vous ne m'aimez pas autant que je vous aime.

Arnolphe la tire.

Ah ! l'on me tire trop.

HORACE

C'est qu'il est dangereux,
Chère Agnès, qu'en ce lieu nous soyons vus tous deux ;

Et le parfait ami de qui la main vous presse
Suit le zèle prudent qui pour nous l'intéresse.

AGNÈS

Mais suivre un inconnu que...

HORACE

          N'appréhendez rien :
Entre de telles mains vous ne serez que bien.

AGNÈS

Je me trouverais mieux entre celles d'Horace.

HORACE

Et j'aurais...

AGNÈS, *à celui qui la tient.*

    Attendez.

HORACE

        Adieu : le jour me chasse.

AGNÈS

Quand vous verrai-je donc ?

HORACE

        Bientôt. Assurément.

AGNÈS

Que je vais m'ennuyer jusques à ce moment !

HORACE

Grâce au Ciel, mon bonheur n'est plus en concurrence,
Et je puis maintenant dormir en assurance.

SCÈNE IV

ARNOLPHE, AGNÈS

ARNOLPHE, *le nez dans son manteau.*

Venez, ce n'est pas là que je vous logerai,
Et votre gîte ailleurs est par moi préparé :

Je prétends en lieu sûr mettre votre personne.
Me connaissez-vous ?

AGNÈS, le reconnaissant.
Hay !

ARNOLPHE
Mon visage, friponne,
Dans cette occasion rend vos sens effrayés,
Et c'est à contre-cœur qu'ici vous me voyez.
Je trouble en ses projets l'amour qui vous possède.

Agnès regarde si elle ne verra point Horace.

N'appelez point des yeux le galant à votre aide :
Il est trop éloigné pour vous donner secours.
Ah ! ah ! si jeune encor, vous jouez de ces tours !
Votre simplicité, qui semble sans pareille,
Demande si l'on fait les enfants par l'oreille ;
Et vous savez donner des rendez-vous la nuit,
Et pour suivre un galant vous évader sans bruit !
Tudieu ! comme avec lui votre langue cajole !
Il faut qu'on vous ait mise à quelque bonne école.
Qui diantre tout d'un coup vous en a tant appris ?
Vous ne craignez donc plus de trouver des esprits ?
Et ce galant, la nuit, vous a donc enhardie ?
Ah ! coquine, en venir à cette perfidie ?
Malgré tous mes bienfaits former un tel dessein !
Petit serpent que j'ai réchauffé dans mon sein,
Et qui, dès qu'il se sent, par une humeur ingrate,
Cherche à faire du mal à celui qui le flatte !

AGNÈS
Pourquoi me criez-vous ?

ARNOLPHE
J'ai grand tort en effet !

AGNÈS
Je n'entends point de mal dans tout ce que j'ai fait.

ARNOLPHE
Suivre un galant n'est pas une action infâme ?

81

AGNÈS

C'est un homme qui dit qu'il me veut pour sa femme ;
J'ai suivi vos leçons, et vous m'avez prêché
Qu'il se faut marier pour ôter le péché.

ARNOLPHE

Oui. Mais pour femme, moi je prétendais vous prendre ;
Et je vous l'avais fait, me semble, assez entendre.

AGNÈS

Oui. Mais, à vous parler franchement entre nous,
Il est plus pour cela selon mon goût que vous.
Chez vous le mariage est fâcheux et pénible,
Et vos discours en font une image terrible ;
Mais, las ! il le fait, lui, si rempli de plaisirs,
Que de se marier il donne des désirs.

ARNOLPHE

Ah ! c'est que vous l'aimez, traîtresse !

AGNÈS

                            Oui, je l'aime.

ARNOLPHE

Et vous avez le front de le dire à moi-même !

AGNÈS

Et pourquoi, s'il est vrai, ne le dirais-je pas ?

ARNOLPHE

Le deviez-vous aimer, impertinente ?

AGNÈS

                            Hélas !
Est-ce que j'en puis mais ? Lui seul en est la cause ;
Et je n'y songeais pas lorsque se fit la chose.

ARNOLPHE

Mais il fallait chasser cet amoureux désir.

AGNÈS

Le moyen de chasser ce qui fait du plaisir ?

ARNOLPHE

Et ne saviez-vous pas que c'était me déplaire ?

AGNÈS

Moi ? point du tout. Quel mal cela vous peut-il faire ?

ARNOLPHE

Il est vrai, j'ai sujet d'en être réjoui.
Vous ne m'aimez donc pas, à ce compte ?

AGNÈS

Vous ?

ARNOLPHE

Oui.

AGNÈS

Hélas ! non.

ARNOLPHE

Comment, non !

AGNÈS

Voulez-vous que je mente ?

ARNOLPHE

Pourquoi ne m'aimer pas, Madame l'impudente ?

AGNÈS

Mon Dieu, ce n'est pas moi que vous devez blâmer :
Que ne vous êtes-vous, comme lui, fait aimer ?
Je ne vous en ai pas empêché, que je pense.

ARNOLPHE

Je me suis efforcé de toute ma puissance ;
Mais les soins que j'ai pris, je les ai perdus tous.

AGNÈS

Vraiment, il en sait donc là-dessus plus que vous ;
Car à se faire aimer il n'a point eu de peine.

ARNOLPHE

Voyez comme raisonne et répond la vilaine !
Peste ! une précieuse en dirait-elle plus ?
Ah ! je l'ai mal connue ; ou, ma foi ! là-dessus
Une sotte en sait plus que le plus habile homme.
Puisque en raisonnement votre esprit se consomme,
La belle raisonneuse, est-ce qu'un si long temps
Je vous aurai pour lui nourrie à mes dépens ?

AGNÈS

Non. Il vous rendra tout jusques au dernier double.

ARNOLPHE

Elle a de certains mots où mon dépit redouble.
Me rendra-t-il, coquine, avec tout son pouvoir,
Les obligations que vous pouvez m'avoir ?

AGNÈS

Je ne vous en ai pas d'aussi grandes qu'on pense.

ARNOLPHE

N'est-ce rien que les soins d'élever votre enfance ?

AGNÈS

Vous avez là-dedans bien opéré vraiment,
Et m'avez fait en tout instruire joliment !
Croit-on que je me flatte, et qu'enfin, dans ma tête,
Je ne juge pas bien que je suis une bête ?
Moi-même, j'en ai honte ; et, dans l'âge où je suis,
Je ne veux plus passer pour sotte, si je puis.

ARNOLPHE

Vous fuyez l'ignorance, et voulez, quoi qu'il coûte,
Apprendre du blondin quelque chose ?

AGNÈS

                              Sans doute.
C'est de lui que je sais ce que je puis savoir :
Et beaucoup plus qu'à vous je pense lui devoir.

ARNOLPHE

Je ne sais qui me tient qu'avec une gourmade
Ma main de ce discours ne venge la bravade.
J'enrage quand je vois sa piquante froideur,
Et quelques coups de poing satisferaient mon cœur.

AGNÈS

Hélas ! vous le pouvez, si cela peut vous plaire.

ARNOLPHE

Ce mot et ce regard désarme ma colère,
Et produit un retour de tendresse de cœur,
Qui de son action m'efface la noirceur.

Chose étrange d'aimer, et que pour ces traîtresses
Les hommes soient sujets à de telles faiblesses !
Tout le monde connaît leur imperfection :
Ce n'est qu'extravagance et qu'indiscrétion ;
Leur esprit est méchant, et leur âme fragile ;
Il n'est rien de plus faible et de plus imbécile,
Rien de plus infidèle : et malgré tout cela,
Dans le monde on fait tout pour ces animaux-là.
Hé bien ! faisons la paix. Va, petite traîtresse,
Je te pardonne tout et te rends ma tendresse.
Considère par là l'amour que j'ai pour toi,
Et me voyant si bon, en revanche aime-moi.

AGNÈS

Du meilleur de mon cœur je voudrais vous complaire :
Que me coûterait-il, si je le pouvais faire ?

ARNOLPHE

Mon pauvre petit bec, tu le peux, si tu veux.

Il fait un soupir.

Écoute seulement ce soupir amoureux,
Vois ce regard mourant, contemple ma personne,
Et quitte ce morveux et l'amour qu'il te donne.
C'est quelque sort qu'il faut qu'il ait jeté sur toi,
Et tu seras cent fois plus heureuse avec moi.
Ta forte passion est d'être brave et leste :
Tu le seras toujours, va, je te le proteste,
Sans cesse, nuit et jour, je te caresserai,
Je te bouchonnerai, baiserai, mangerai ;
Tout comme tu voudras, tu pourras te conduire :
Je ne m'explique point, et cela, c'est tout dire.

A part.

Jusqu'où la passion peut-elle faire aller !
Enfin à mon amour rien ne peut s'égaler :
Quelle preuve veux-tu que je t'en donne, ingrate ?
Me veux-tu voir pleurer ? Veux-tu que je me batte ?
Veux-tu que je m'arrache un côté de cheveux ?
Veux-tu que je me tue ? Oui, dis si tu le veux :
Je suis tout prêt, cruelle, à te prouver ma flamme.

AGNÈS

Tenez, tous vos discours ne me touchent point l'âme :
Horace avec deux mots en ferait plus que vous.

ARNOLPHE

Ah ! c'est trop me braver, trop pousser mon courroux
Je suivrai mon dessein, bête trop indocile.
Et vous dénicherez à l'instant de la ville.
Vous rebutez mes vœux et me mettez à bout ;
Mais un cul de couvent me vengera de tout.

SCÈNE V

ALAIN, ARNOLPHE

ALAIN

Je ne sais ce que c'est, Monsieur, mais il me semble
Qu'Agnès et le corps mort s'en sont allés ensemble.

ARNOLPHE

La voici. Dans ma chambre allez me la nicher :
Ce ne sera pas là qu'il la viendra chercher ;
Et puis c'est seulement pour une demi-heure :
Je vais, pour lui donner une sûre demeure,
Trouver une voiture. Enfermez-vous des mieux,
Et surtout gardez-vous de la quitter des yeux.
Peut-être que son âme, étant dépaysée,
Pourra de cet amour être désabusée.

SCÈNE VI

ARNOLPHE, HORACE

HORACE

Ah ! je viens vous trouver, accablé de douleur.
Le Ciel, Seigneur Arnolphe, a conclu mon malheur ;
Et par un trait fatal d'une injustice extrême,

On me veut arracher de la beauté que j'aime.
Pour arriver ici mon père a pris le frais ;
J'ai trouvé qu'il mettait pied à terre ici près ;
Et la cause, en un mot, d'une telle venue,
Qui, comme je disais, ne m'était pas connue,
C'est qu'il m'a marié sans m'en récrire rien,
Et qu'il vient en ces lieux célébrer ce lien.
Jugez, en prenant part à mon inquiétude,
S'il pouvait m'arriver un contre-temps plus rude.
Cet Enrique, dont hier je m'informais à vous,
Cause tout le malheur dont je ressens les coups ;
Il vient avec mon père achever ma ruine,
Et c'est sa fille unique à qui l'on me destine.
J'ai, dès leurs premiers mots, pensé m'évanouir ;
Et d'abord, sans vouloir plus longtemps les ouïr,
Mon père ayant parlé de vous rendre visite,
L'esprit plein de frayeur je l'ai devancé vite.
De grâce, gardez-vous de lui rien découvrir
De mon engagement qui le pourrait aigrir ;
Et tâchez, comme en vous il prend grande créance,
De le dissuader de cette autre alliance.

ARNOLPHE

Oui-da.

HORACE

Conseillez-lui de différer un peu,
Et rendez, mon ami, ce service à mon feu.

ARNOLPHE

Je n'y manquerai pas.

HORACE

C'est en vous que j'espère.

ARNOLPHE

Fort bien.

HORACE

Et je vous tiens mon véritable père.
Dites-lui que mon âge... Ah ! je le vois venir :
Écoutez les raisons que je vous puis fournir.

Ils demeurent en un coin du théâtre.

SCÈNE VII

ENRIQUE, ORONTE, CHRYSALDE,
HORACE, ARNOLPHE

ENRIQUE, *à Chrysalde.*

Aussitôt qu'à mes yeux je vous ai vu paraître,
Quand on ne m'eût rien dit, j'aurais su vous connaître.
Je vous vois tous les traits de cette aimable sœur
Dont l'hymen autrefois m'avait fait possesseur ;
Et je serais heureux si la Parque cruelle
M'eût laissé ramener cette épouse fidèle,
Pour jouir avec moi des sensibles douceurs
De revoir tous les siens après nos longs malheurs.
Mais puisque du destin la fatale puissance
Nous prive pour jamais de sa chère présence,
Tâchons de nous résoudre, et de nous contenter
Du seul fruit amoureux qui m'en est pu rester.
Il vous touche de près ; et, sans votre suffrage,
J'aurais tort de vouloir disposer de ce gage.
Le choix du fils d'Oronte est glorieux de soi ;
Mais il faut que ce choix vous plaise comme à moi.

CHRYSALDE

C'est de mon jugement avoir mauvaise estime
Que douter si j'approuve un choix si légitime.

ARNOLPHE, *à Horace.*

Oui, je vais vous servir de la bonne façon.

HORACE

Gardez, encore un coup...

ARNOLPHE

        N'ayez aucun soupçon.

ORONTE, *à Arnolphe.*

Ah ! que cette embrassade est pleine de tendresse !

ARNOLPHE

Que je sens à vous voir une grande allégresse !

ORONTE

Je suis ici venu...

ARNOLPHE

Sans m'en faire récit
Je sais ce qui vous mène.

ORONTE

On vous l'a déjà dit.

ARNOLPHE

Oui.

ORONTE

Tant mieux.

ARNOLPHE

Votre fils à cet hymen résiste,
Et son cœur prévenu n'y voit rien que de triste :
Il m'a même prié de vous en détourner ;
Et moi, tout le conseil que je vous puis donner,
C'est de ne pas souffrir que ce nœud se diffère,
Et de faire valoir l'autorité de père.
Il faut avec vigueur ranger les jeunes gens,
Et nous faisons contre eux à leur être indulgents.

HORACE

Ah ! traître !

CHRYSALDE

Si son cœur a quelque répugnance,
Je tiens qu'on ne doit pas lui faire violence.
Mon frère, que je crois, sera de mon avis.

ARNOLPHE

Quoi ? se laissera-t-il gouverner par son fils ?
Est-ce que vous voulez qu'un père ait la mollesse
De ne savoir pas faire obéir la jeunesse ?
Il serait beau vraiment qu'on le vît aujourd'hui
Prendre loi de qui doit la recevoir de lui !
Non, non : c'est mon intime, et sa gloire est la mienne :
Sa parole est donnée, il faut qu'il la maintienne,
Qu'il fasse voir ici de fermes sentiments,
Et force de son fils tous les attachements.

ORONTE

C'est parler comme il faut, et, dans cette alliance,
C'est moi qui vous réponds de son obéissance.

CHRYSALDE, *à Arnolphe*.

Je suis surpris, pour moi, du grand empressement
Que vous nous faites voir pour cet engagement,
Et ne puis deviner quel motif vous inspire...

ARNOLPHE

Je sais ce que je fais, et dis ce qu'il faut dire.

ORONTE

Oui, oui, seigneur Arnolphe, il est...

CHRYSALDE

                              Ce nom l'aigrit ;
C'est Monsieur de la Souche, on vous l'a déjà dit.

ARNOLPHE

Il n'importe.

HORACE

          Qu'entends-je !

ARNOLPHE, *se retournant vers Horace*.

                              Oui, c'est là le mystère,
Et vous pouvez juger ce que je devais faire.

HORACE

En quel trouble...

SCÈNE VIII

GEORGETTE, ENRIQUE, ORONTE,
CHRYSALDE, HORACE, ARNOLPHE

GEORGETTE

          Monsieur, si vous n'êtes auprès,
Nous aurons de la peine à retenir Agnès ;
Elle veut à tous coups s'échapper, et peut-être
Qu'elle se pourrait bien jeter par la fenêtre.

ARNOLPHE

Faites-la-moi venir ; aussi bien de ce pas
Prétends-je l'emmener ; ne vous en fâchez pas.
Un bonheur continu rendrait l'homme superbe ;
Et chacun a son tour, comme dit le proverbe.

HORACE

Quels maux peuvent, ô Ciel ! égaler mes ennuis !
Et s'est-on jamais vu dans l'abîme où je suis !

ARNOLPHE, *à Oronte.*

Pressez vite le jour de la cérémonie :
J'y prends part, et déjà moi-même je m'en prie.

ORONTE

C'est bien notre dessein.

SCÈNE IX

AGNÈS, ALAIN, GEORGETTE, ORONTE, ENRIQUE, ARNOLPHE, HORACE, CHRYSALDE

ARNOLPHE, *à Agnès.*
Venez, belle, venez,
Qu'on ne saurait tenir, et qui vous mutinez.
Voici votre galant, à qui, pour récompense,
Vous pouvez faire une humble et douce révérence.
Adieu. L'événement trompe un peu vos souhaits ;
Mais tous les amoureux ne sont pas satisfaits.

AGNÈS

Me laissez-vous, Horace, emmener de la sorte ?

HORACE

Je ne sais où j'en suis, tant ma douleur est forte.

ARNOLPHE

Allons, causeuse, allons.

AGNÈS
Je veux rester ici.

ORONTE

Dites-nous ce que c'est que ce mystère-ci.
Nous nous regardons tous, sans le pouvoir comprendre.

ARNOLPHE

Avec plus de loisir je pourrai vous l'apprendre.
Jusqu'au revoir.

ORONTE

Où donc prétendez-vous aller ?
Vous ne nous parlez point comme il nous faut parler.

ARNOLPHE

Je vous ai conseillé, malgré tout son murmure,
D'achever l'hyménée.

ORONTE

Oui. Mais pour le conclure,
Si l'on vous a dit tout, ne vous a-t-on pas dit
Que vous avez chez vous celle dont il s'agit,
La fille qu'autrefois de l'aimable Angélique,
Sous des liens secrets, eut le seigneur Enrique ?
Sur quoi votre discours était-il donc fondé ?

CHRYSALDE

Je m'étonnais aussi de voir son procédé.

ARNOLPHE

Quoi ?...

CHRYSALDE

D'un hymen secret ma sœur eut une fille,
Dont on cacha le sort à toute la famille.

ORONTE

Et qui sous de feints noms, pour ne rien découvrir,
Par son époux aux champs fut donnée à nourrir.

CHRYSALDE

Et dans ce temps, le sort, lui déclarant la guerre,
L'obligea de sortir de sa natale terre.

ORONTE

Et d'aller essuyer mille périls divers
Dans ces lieux séparés de nous par tant de mers.

Où ses soins ont gagné ce que dans sa patrie
Avaient pu lui ravir l'imposture et l'envie.

ORONTE

Et de retour en France, il a cherché d'abord,
Celle à qui de sa fille il confia le sort.

CHRYSALDE

Et cette paysanne a dit avec franchise
Qu'en vos mains à quatre ans elle l'avait remise.

ORONTE

Et qu'elle l'avait fait sur votre charité,
Par un accablement d'extrême pauvreté.

CHRYSALDE

Et lui, plein de transport et l'allégresse en l'âme,
A fait jusqu'en ces lieux conduire cette femme.

ORONTE

Et vous allez enfin la voir venir ici,
Pour rendre aux yeux de tous ce mystère éclairci.

CHRYSALDE

Je devine à peu près quel est votre supplice ;
Mais le sort en cela ne vous est que propice :
Si n'être point cocu vous semble un si grand bien,
Ne vous point marier en est le vrai moyen.

ARNOLPHE, *s'en allant tout transporté, et ne pouvant parler.*
Oh !

ORONTE

D'où vient qu'il s'enfuit sans rien dire ?

HORACE

                          Ah ! mon père,

Vous saurez pleinement ce surprenant mystère.
Le hasard en ces lieux avait exécuté
Ce que votre sagesse avait prémédité :
J'étais par les doux nœuds d'une ardeur mutuelle
Engagé de parole avecque cette belle ;

Et c'est elle, en un mot, que vous venez chercher,
Et pour qui mon refus a pensé vous fâcher.

ENRIQUE

Je n'en ai point douté d'abord que je l'ai vue,
Et mon âme depuis n'a cessé d'être émue.
Ah ! ma fille, je cède à des transports si doux.

CHRYSALDE

J'en ferais de bon cœur, mon frère, autant que vous,
Mais ces lieux et cela ne s'accommodent guère.
Allons dans la maison débrouiller ces mystères,
Payer à notre ami ces soins officieux,
Et rendre grâce au Ciel qui fait tout pour le mieux.

Librio

277

Achevé d'imprimer en Italie par Grafica Veneta
en novembre 2011 pour le compte de E.J.L.
87, quai Panhard-et-Levassor, 75013 Paris
Dépôt légal : novembre 2011
1er dépôt légal dans la collection : février 1999
EAN 9782290334690

Diffusion France et étranger : Flammarion